CW01642457

Raquel Congosto

Amiga mía

Diseño de cubierta: Abel Cuevas
© de la ilustración de la cubierta: Beatriz Lobo, 2025
© de la fotografía de la autora: Matilda Girón Congosto, 2025

© del texto: Raquel Congosto, 2025
© de la edición: Blackie Books, S.L.
Calle Església, 4-10
08024, Barcelona
www.blackiebooks.org
info@blackiebooks.org

Maquetación: David Anglès
Impresión: Liberdúplex
Impreso en España

Primera edición: mayo de 2025
Tercera edición: septiembre de 2025
ISBN: 978-84-10323-92-6
Depósito legal: B 5832-2025

Todos los derechos están reservados. Queda prohibida la reproducción total o parcial de este libro por cualquier medio o procedimiento, comprendidos la reprografía y el tratamiento informático, la fotocopia o la grabación sin el permiso expreso de los titulares del copyright.

MIXTO
Papel | Apoyando la silvicultura responsable
FSC® C109440

Ahora que sabes leer, estas dos palabras
son las que más ilusión me hace escribir:
Para Matilda.

Cero

Las pelusas de mi dormitorio parecen gatos, decías.

Yo me reía porque era verdad, y porque eras la más divertida.

—¿Por qué será lo de las pelusas? En el salón nunca hay tantas.

—¿Será por la luz? Entra mucha luz en este dormitorio.

—Búscalo en Google. Pelusas casa luz.

—Google dice que hay pelusas porque hay vida y movimiento.

—¿No dice nada de la luz?

* * *

Te recortaste del nosotras. Te sacaste fuera. Te llevaste a otra vida, a otra casa que nunca me invitaste a conocer. Te sacaste fuera y dejaste un vacío con tu silueta.

* * *

Han pasado seis años y yo aún vivo donde vivíamos. En la misma casa. Conocí a Pablo y tuvimos a Matilda. *Ahora los tres dormimos en el que fue tu dormitorio*, el de las pelusas.

Una historia que crece sobre otra que termina. Ocurre todos los días. El espacio se adapta, acoge los cambios. Se pintan las habitaciones, cambian los muebles, la música que se escucha, el olor, la disposición de la ropa en el armario, las conversaciones, la coreografía de los nuevos cuerpos que habitan la casa. Movimiento y vida. Nuevas pelusas.

* * *

Desde entonces, en varias ocasiones, he intentado escribir nuestra historia.

La primera vez, recuerdo que mis dedos se desplazaban por las letras del teclado como un animal sediento que por fin encuentra un charco del que poder beber. Escribía sin ningún plan, rascando las capas sedimentadas sobre la piel. La piel durísima, una barrera de hormigón que cubre un cuerpo funcional, que va a la compra, que acuesta a Matilda, que besa a Pablo, que saluda a la vecina, que rellena la declaración trimestral del IVA, pero yo seguía escribiendo, rascando, y las cutículas de protección, escuditos de piel muerta, iban cayendo como nieve, como trozos de yeso a mi alrededor, hasta que la uña clavaba carne y volvía *a estar contigo mirando aquellas pelusas.*

Y en ese descontrol *te me enredabas, interrumpías, como si pudieras romper los párrafos y aparecer con voluntad propia. Te miraba y te decía: Oye, pero por qué, dime.* Escupía por los dedos las preguntas que quedaron flotando, sin respuesta, *y te las lanzaba.*

La primera persona se desplazaba *para dar espacio a mi necesidad de hablarte directamente.*

Aquel primer intento fue como regar las plantas más venenosas de mi cabeza. La jaqueca que me daba regresar a nuestro pasado era tan intensa que me producía arcadas. La necesidad de seguir vomitando, de vaciarlo todo.

Pero ¿quién puede vaciarse del todo cuando tiene que seguir yendo a la compra, acostar a Matilda, besar a Pablo, saludar a la vecina, rellenar la declaración trimestral del IVA?

Escribir esta historia tiene un coste y entendí que, si decidía contarla, necesitaría dos cosas.

Tendría que trazar un plan. Encontrar el cómo. Habitar esta historia en primera persona era demasiado peligroso para mí, pero se me ocurrió que podía colocar una figura interpuesta, un narrador que se asomara a nuestra historia desde fuera.

Desde esa distancia podría exponerme menos.

El narrador podría protegerme, además, de hacer algo demasiado lastimero (por Dios que no me salga algo demasiado lastimero).

Comencé el experimento. *A ti te llamé Marina y a mí Celia. Dos nombres que cuando se juntan reverberan como otro ente.*

El veneno no activó la migraña esa vez. Pero, entonces, cuando ya creía que había resuelto el cómo, me sobrevino, como un bumerán que regresa con fuerza desde un recoveco del inconsciente, este título a la cabeza: Amiga mía.

Tomé aire y releí todas las piezas sueltas, inconclusas, con sus diferentes tentativas. Cada una de ellas latía de forma distinta desde su lugar y al leerlas juntas se levantaba una topografía con un sentido más complejo: lo que fue, lo que queda, lo que ya no será. Entendí que no quería renunciar a ninguna de las posibilidades. Así que volví a analizar el título: Amiga mía. Está bien, pensé. Escribiré en primera persona, habitando con mi cuerpo la historia. Pero si vuelvo a ese pasado en el que estábamos juntas será el personaje de Celia quien ocupe mi lugar.

La cursiva aparecerá *para poder dirigirme a ti, fantasma del agujero.*

Ese es el plan.

* * *

Pero he dicho que necesitaría dos cosas, y la segunda es la más importante.

No sólo me vale saber «cómo» hacerlo, sino que también necesito tener un «para qué».

—Tu «para qué» podría ser perdonar —me sugieren algunas personas.

—Perdonar para qué —digo.

—Perdonar para pasar página, eso te hará sentir mejor —insisten.

Yo no contesto porque la gente se toma muy a pecho eso del perdón. Es como rezar tres padrenuestros, como pasar la bayeta por la encimera, como darse otra oportunidad.

Pero no, ese no es mi caso.

Yo no escribo para perdonar. Yo no quiero pasar página echando tierra al agujero. *Si escribo esta historia es para no mirar a otro lado cuando apareces. Si escribo esta historia es para detenerme y decir: Aquí estamos nosotras. Todavía. En las pelusas, en el dormitorio, en mi sofá, en las canciones que escuchábamos juntas, en las series que veíamos, en la cafetería de Amparo, en mi porfolio, en mi vida.*

No quiero tapar la mancha, endurecer la piel, no quiero hacer como si nada.

Escribo desde mi lado de la foto sin ti. Escribo para darle un lugar al dolor, *para señalar el recorte de tu figura.* Escribo porque el vacío importa.

Creo que esta vez sí podré hacerlo.

Uno

No sé qué ponerme. Separo la ropa del armario y las perchas suenan al chocar entre sí. El vestido de tirantes rojo se estampa contra el rosa de cuadros, contra el de rayas azules, *contra uno verde que me regalaste porque no te lo ponías. Lo cogiste de este mismo armario, cuando era el tuyo, lo posaste sobre mí, entrecerraste los ojos y dijiste: Este te va a quedar fenomenal porque tú no tienes la piel como yo.*

Nunca entendí en qué momento decidiste comprarte este vestido de un color tan vivo, cuando tú sólo vestías de blanco y negro.

Seguramente si fueras tú la que escribiera esta historia situarías nuestro primer encuentro en la cafetería de la Escuela de Arquitectura. En aquel lugar con esa acústica terrible en la que pasamos tanto tiempo. Entre la multitud de cuerpos que corrían apenas sin dormir, llevando una maqueta en una mano y en la otra una carpeta DIN A1 con la entrega de Proyectos III; entre el corrillo que intentaba resolver la práctica de estructuras mientras comían un bocadillo de bacón y procuraban no manchar de grasa los cálculos; al lado de una chica que lloraba porque la impresora había dejado de funcionar en mitad de la noche y la pobre no había podido llevar todas las láminas que había dibujado. Entonces su amigo le dijo: Una impresora siempre huele las entregas, tú tienes que intentar que no te vea nerviosa, disimular, hacer como que no te importa y entonces la impresora vuelve a funcionar. La chica se rio, pero también se guardó el consejo porque sabía que las noches de entrega eran como las noches de luna llena, un estado alterado plagado de demonios y hechos inexplicables. Y así, entre el ruido de los platos, la máquina del café y las voces de los estudiantes, tú situarías el inicio de nuestra historia el día en que me senté casualmente a tu lado en una de esas mesas larguísimas de la cafetería y entre los planos, las maquetas y el pincho de tortilla, decías que te pregunté: Oye, ¿y tú por qué siempre vas vestida de blanco y negro?

Aparto tu vestido verde y surge otra prenda, cada una con distintos recuerdos cosidos: el pantalón de flores que me puse el día que le dije a Pablo: ¿Qué, nos enrollamos?, el vestido que me compré a juego con otro de Matilda, la camisa que me regaló mi madre cuando me fui a trabajar a un estudio en Tenerife. Hija, me dijo, ponte una camisa, que siempre vas muy rara.

El pasado regresa entre el sonido de las perchas y se coloca delante de mí, se coloca en este momento. No es una habitación estanca donde guardar las cosas que sucedieron. Es como un fluido que siempre encuentra la fisura. Atraviesa el presente como una espinilla atraviesa la piel. Nada sucedió, todo sigue sucediendo.

La camisa que me regaló mi madre acciona otros recuerdos. *Para mí nuestra historia comienza después de la carrera, después de Tenerife, justo en el momento en el que volví.* Me convierto en personaje, me convierto en Celia.

* * *

Celia acaba de volver a Madrid después de haberse ido a trabajar a Tenerife durante dos años. Su madre mira con desaprobación lo que se ha hecho en el pelo: Con los rizos tan bonitos que tienes, ¿a qué viene ese rapado? Pero se le pasa pronto porque estaba deseando que su hija volviera al nido —a pesar de que su hija tiene casi treinta años—, y se decepciona, es más, se enfada, cuando Celia le dice: Mamá, me he buscado un piso compartido en el centro que me queda bastante cerca del trabajo.

Celia trabaja media jornada en un estudio de arquitectura, de momento no necesita dedicarle más porque gana lo suficiente para pagar su habitación y tener un ocio razonable. Además, por las tardes quiere hacer «sus cosas». Esto es lo que responde cuando algún colega le pregunta cómo va todo: por las mañanas curro en el estudio y por las tardes hago mis cosas. Nadie pregunta qué son sus cosas, porque es una respuesta habitual entre el círculo de amistades. Sus cosas son hacer concursos, presentarse a becas o dibujar y escribir ideas que se le ocurren. Confía en que alguna de esas ideas, en algún momento, se convierta en su medio de vida. Así que lo siguiente que hace Celia es buscar un coworking —aunque todavía no se llaman coworking— para hacer «sus cosas».

Ha quedado a las cinco y media para que le enseñen un puesto de trabajo libre que ha visto anunciado en Loquo. Cuando le abren la puerta, se percata de que conoce a las cinco chicas que comparten el espacio. Estudiaron juntas la carrera, son incluso de la misma edad, aunque nunca coincidieron en ninguna clase. Ellas eran más del turno de tarde y Celia solía tener las clases por la mañana. Se saludan, se cuentan un poco sus «cómovatodo», entremezclan historias de la universidad: ¿vosotras tuvisteis al cerdo ese de construcción?, ostras, ese no paraba de mirarme las tetas, joder, qué asco, y cómo le olía el aliento, se acercaba muchísimo el muy cabrón y cada vez que decía forjado, que lo decía muchísimo, le salía una metralla de saliva disparada. Se ríen todas, incluso la chica con melena recta que no ha dejado de mirar de arriba abajo a Celia desde que ha llegado. Es Marina. Desliza unos centímetros su silla de oficina hacia Celia, frunce un poco el ceño y habla por primera vez:

—Tú una vez me preguntaste en la cafetería de la uni que por qué siempre voy vestida de blanco y negro, ¿verdad?

* * *

Cierro el armario y dejo el pasado dentro.

Me visto y me despido de Pablo y de Matilda.

—Vuelvo pronto —les digo, y les doy un beso a cada uno.

—Mami, espera. —Matilda sale corriendo y vuelve con un collar de cuentas de colores que ha hecho—. Póntelo, que con ese vestido naranja te va a quedar muy modelista.

No sé exactamente qué quiere decir con modelista, pero igualmente yo me lo pongo. Matilda levanta el pulgar.

Me veo reflejada en la puerta de vidrio del bar. Es verdad que me queda bien el collar de Matilda. Abro la puerta y el barullo de las conversaciones con olor a croquetas se fuga por unos instantes a la calle.

Mi amigo me saluda desde una mesa del fondo, está sentado con otras cinco personas.

Me acerco a su mesa y, casi sin dejarme decir hola, me agarra de un brazo.

—Vosotros dos os tenéis que conocer. —Y nos señala a mí y a un hombre, de unos sesenta años, que lleva un moño canoso inmenso, muy vertical.

Yo sé perfectamente quién es él: Santi Gutiérrez, el gestor cultural más importante de Madrid. Siempre maneja los mejores proyectos y, sobre todo, los mejores presupuestos. Él es la persona a la que hay que conocer si te dedicas a la cultura y trabajas por cuenta propia. Como yo.

Mi amigo lleva ya varias cervezas porque está celebrando que le han dado una beca de investigación en Berlín, o puede que no sea eso lo que motive su embriaguez temprana —son sólo las seis de la tarde—, puede que sea porque su novia le ha dejado recientemente, pero sea cual sea el motivo, está en esa fase de la exaltación y la verborrea.

Santi se gira hacia mí. La luz de la lámpara sobre la mesa hace brillar sus canas. Este es el momento en el que debería desplegar las plumas más vistosas sin trabarme, ahora es cuando debería decir algo ingenioso que hiciera que Santi retuviera mi nombre en su agenda mental. *¿Te acuerdas de lo bien que se me daba eso?, ¿cómo conseguía proyectos en reuniones así? Ahora, estoy desentrenadísima. Tengo el músculo de la seducción atrofiado desde que cumplí los cuarenta, desde que fui madre, desde que te separaste de mí.*

Siento cómo el sudor comienza a colorear mi vestido naranja.

—Voy a por una cerveza primero, ¿os parece? —digo para ganar algo de tiempo, y luego me dirijo al resto de los comensales, la chica del vestido de lunares me suena, ella también me sonríe con complicidad, al resto no los conozco—. ¿Queréis algo vosotros? —digo, señalando las copas vacías de la mesa.

—Un ribera, gracias.

—Yo otra doble.

Me acerco a la barra de acero cromado. Todo el bar tiene un aire art decó en versión barata. *Nosotras veníamos bastante. Te asomabas por la puerta de vidrio desde fuera y me decías: venga, vamos a tomarnos una, que hay sitio en los sillones que huelen a perrete mojao.*

Dejo las copas en la mesa. La chica de lunares está contando, con voz baja y ronca, la última performance que ha hecho, una performance en una cárcel abandonada. Enseña las fotos en su móvil y las va pasando. Mi amigo dice que se perciben las referencias a Foucault, Santi sonríe ligeramente pero no hace comentarios, gira la cabeza hacia mí.

—Bueno, cuéntame —me dice, apoyando su cara sobre el puño.

Qué amable, pienso, qué atento, y qué pena que no sea consciente del estrés que me genera intentar contar lo que hago. La taquicardia, la voz que se me tambalea y mengua. Hace tiempo que no sé cómo contarme. Ya apenas soy arquitecta, ya no tengo un proyecto de arte reconocible, *como el que teníamos nosotras.* No hay nada peor que un «hago de todo un poco», que es exactamente mi caso. «Hago lo que me sale», esa respuesta es incluso peor. Al final, aunque no quiera, cada vez que intento contarme *siempre terminas apareciendo.*

—¿Te acuerdas del proyecto del Gabinete de Acciones Urbanas de hace unos años? —interviene mi amigo antes de que yo abra la boca. Termina con mi titubeo de un plumazo y sitúa el cadáver del *nosotras* en medio de la mesa, a la vista de todos—. Pues Celia —me señala con el envés de la mano— es una de las dos amigas que lo montaron.

—Ah, sí —contesta Santi—, claro que me acuerdo, yo creo que estuve en alguna de aquellas acciones que hicisteis —me vuelve a mirar—, siempre me dio curiosidad saber cómo se os ocurrió ese proyecto tan loco.

¿Lo ves?, todavía no he conseguido decir una palabra y ya me he convertido en una pieza de un plural roto, ya soy «una de las dos amigas». Ya estás aquí.

* * *

Marina mira fijamente a Celia, esperando una respuesta. Celia por su parte ha comprobado, intentando que no se le note, que Marina, efectivamente, va vestida de blanco y negro. Un pañuelo blanco con rombos negros, una camisa, una falda y unas medias negras y unos botines blancos con punta negra. A Celia le gustan los colores, abrir el armario y mezclarlos como si fueran pinturas y su cuerpo un lienzo, y le cuesta entender por qué alguien decide voluntariamente elegir sólo dos colores para vestirse.

—La verdad es que no me acuerdo si fui yo la que te pregunté eso —responde Celia—, pero me pega bastante, así que es posible.

—Sí, fuiste tú, joder, me caíste fatal. Pensé ¿y a esta idiota qué le importa cómo voy vestida?, ¿de qué va?

Celia se queda unos segundos paralizada antes de contestar. Siempre se le dio muy bien entender la construcción de las oraciones, el orden de las palabras, la geometría del lenguaje y, sin embargo, qué difícil encuentra el arte de la comunicación. Cualquier frase, a veces por simple torpeza, puede descarriar en segundos la armonía de una conversación. Ella es de las torpes.

Echa otro vistazo rápido al espacio de trabajo, la verdad es que está fenomenal, cerca de casa, bien de precio, mira también al resto de las compañeras, que esperan una respuesta.

—Si me dejáis quedarme, prometo hacer muchas más preguntas idiotas —responde por fin.

La tensión se desvanece entre risas. Celia y Marina se miran como si se vieran por primera vez. Todavía no saben que se quedarán muchas veces las últimas en este espacio compartido: «Encima del pozo», lo llamarán, porque será un piso que quedará justo encima de Cafés El Pozo. Nos vemos después «Encima del pozo», y después de muchas horas trabajando de noche cuando todas las demás se hayan ido, Marina le dirá: Me voy porque estoy más dentro del pozo que encima. Celia se reirá y a partir de entonces se esperarán para salir juntas y charlar un rato. Celia acompañará a Marina al metro, agarradas del brazo como lo hacen las señoras mayores. Espera, te cojo del otro lado que este es mi perfil bueno, dirá Marina, y entonces Celia se preguntará si ella también tiene un perfil bueno y, si es así, si será el complementario del de su amiga.

Todavía no saben que unos meses después Celia firmará la hipoteca de una casa en la misma calle en la que vive compartiendo piso, y que Marina la ayudará con la mudanza. Cruzarán la calle cargando cosas y se fumarán un cigarro sentadas encima de las maletas al final del día. Cómo me molaría vivir aquí contigo, dirá Marina, qué ganas de terminar el fin de carrera para trabajar e independizarme, y entonces Celia le hará una pregunta idiota, le dirá: Oye, ¿y por qué no has terminado aún el proyecto fin de carrera? E inmediatamente se dará cuenta de lo idiota de la pregunta e intentará rectificar: Quiero decir que eres muy lista y muy curranta... y antes de terminar de hablar Marina se pondrá a llorar. Le hablará de su madre, del cáncer, de quedarse en vela cuidándola mientras los demás «os quedabais en vela por la entrega de Proyectos III». Le hablará del asco que le da la carrera, *del asco que te dábamos todos*, de la vida sin sentido y de su madre muerta. La echo muchísimo de menos, dirá, y esa frase saldrá muchas otras veces por su boca a partir de entonces, como si por fin tuviera alguien con quien poder compartirla, no sólo cuando esté triste o cansada, sino también en mitad de una carcajada o comiendo un kebab. Celia entonces la agarrará por el hombro y dirá: Vamos a ver un capítulo de *Lost*. Todavía no saben que al poco de firmar la hipoteca empezará la crisis.

No saben que primero caerá el sector de la construcción y que Celia, igual que todos sus compañeros de la facultad, perderá su trabajo. Tendrá que dejar su casa apenas estrenada y alquilarla, pero ni siquiera con el alquiler podrá pagar la hipoteca —el desempleo subirá tanto como el euribor—. Así que buscará de nuevo una habitación en otro piso compartido, una muy barata, y también trabajos de todo tipo: dará clases de decoración en un centro cultural, sacará de paseo a personas mayores y pondrá copas los fines de semana. Un día Marina le dirá: Tía, yo te contrato para que me ayudes con el proyecto y nos lo quitamos de una vez. *Nos lo quitamos, dijiste, porque, sin darnos cuenta, empezábamos a hablar en plural.* El pequeño salario de Marina sostendrá durante unos meses a su amiga, hasta que finalmente Celia encuentre un trabajo en una editorial de libros de arquitectura, un trabajo mal pagado pero estable y, poco después, Marina terminará el proyecto de fin de carrera.

Todavía no saben que la crisis no durará un año ni dos ni que al tercer año será tan dura que la ciudad despertará rabiosa, la ciudad hasta entonces obediente, sumisa, despertará como un perro gris que de pronto se rebela y muerde a su dueño. Los recuerdos de aquellos tiempos —en la calle manifestándose, en la calle en las asambleas, en la calle durmiendo, festejando, ligando, llorando, en la calle pensando qué es la calle, en la calle siendo calle, siendo los otros, siendo la posibilidad de morder a cualquier dueño, siendo la posibilidad de ser cualquier cosa— se les quedarán para siempre metidos entre las uñas, como la piel de un amante en un encuentro apasionado. Y poco después, caminando por la calle viva, materia vibrante, ellas todavía no lo saben, pero agarradas del brazo por el perfil bueno de Marina, Celia dirá: Deberíamos montar algo nosotras, y entonces empezarán a hablar sobre el qué, sobre el cómo, y la una completará con palabras el pensamiento de la otra. Harán instalaciones de arte efímeras en los solares a medias, en las vallas de obra de los edificios parados, en los puntos negros que la crisis ha ido dispersando por la ciudad. Tienen que ser pequeñas acciones, dirá una. Algo para recordarnos que la calle es nuestra, dirá la otra. Pero tiene que ser algo lúdico, nada panfletario ni tostón, concluirán las dos.

Y así, durante seis años, se dedicarán a hacer «sus cosas» juntas.

* * *

—Bueno —vuelve a insistirme Santi—, y ¿con qué estás ahora?

Ahora. Ahora con qué estoy. Ahora cada mañana me despierta Pablo. Me da un beso en el ojo. Adiós, chicas, dice. Pablo se va a trabajar a la universidad y yo me acerco a Matilda, que sigue respirando profundamente con la boca abierta. ¿Ya es de día?, pregunta. Nos ponemos en marcha rápidamente aunque siempre llegamos tarde al cole. Ahora trabajo en casa. Llevo el portátil a la mesa del comedor, *como hacíamos antes juntas, pero sola*. Ahora por las tardes estoy con mi hija, recogemos plantas en el camino y jugamos a gatitos que montan un restaurante. Ahora trabajo mucho menos. Trabajo de lo que me sale y lo que me sale, algunas veces, *tiene que ver con lo que hicimos juntas en nuestro Gabinete que ya no existe.* Ahora todavía sigo recomponiéndome, como tras una explosión, todavía sorda caminando entre los escombros, decidiendo si seguir con las ruinas y, si es así, con cuáles, o si abandonarlas para siempre *como hiciste tú.* Ahora todavía. Ahora es cuando, en realidad, me vendría bien que hablara mi amigo por mí, pero mi amigo está hablando con la mujer del vestido de lunares.

Santi me sonríe otra vez, esperando que le conteste. Yo bebo un trago de cerveza y me lanzo a contarle que últimamente mi trabajo es sobre todo documental. Y le cuento el proyecto sobre la crisis climática con el que estoy ahora.

—Es un congreso anual con doce ponencias y tengo que registrarlas de diversas maneras: pódcast, vídeos, dibujos... —le digo, pero con esa primera frase, Santi me abandona, su cabeza se pierde dentro de sus ojos, que siguen fijos en mí.

Soy una experta reconociendo esas fugas hacia el interior en los demás, porque a mí me ocurren a menudo. Me pregunto si sus laberintos mentales conectarán con los míos... La verdad es que no me extraña, la crisis climática es deprimente. A mí me cuesta no llorar en mitad de algunas de las ponencias, cuando los datos se desorbitan. Siento que mi cuerpo se agrieta como el paisaje y mi voluntad se hunde por una de esas grietas. Dejo que mi boca siga hablando, pero yo misma dejo de escucharme. *Echo de menos subirme contigo en la moto, recoger cartones, el viento en la cara, pensar juntas, encontrar un lugar en el que exponer nuestra siguiente acción, quedarnos hasta muy tarde viendo alguna serie mientras trabajamos con los cartones que hemos recogido. Echo de menos levantarnos al día siguiente y llevar las piezas a la calle, exponerlas, ver la cara de la gente, sentir la posibilidad en nuestras manos.*

Mientras hablo agarro el collar de cuentas que me ha hecho Matilda como si fuera un talismán. Lo aprieto y lo suelto rítmicamente dentro de mis manos.

—Me encanta tu collar —me interrumpe Santi.

—Ah —respondo, un poco frustrada por no haber conseguido cautivarle y a la vez agradecida de cambiar de tema—, muchas gracias, me lo ha hecho mi hija. —Miro el collar yo también—. Es como un ejercicio de presente absoluto —digo.

—¿El collar?

—Sí, el collar. —Sin quitármelo, lo extiendo con la mano para que se vea mejor—. ¿Lo ves?, no tiene estrategia. Matilda va metiendo las cuentas sin pensar cuál es el principio, el medio o el final. Elige la cuenta que quiere en cada momento y sólo le importa eso.

Voy cogiendo una cuenta tras otra mientras digo: Ahora, ahora, ahora.

Él se ríe.

—Oye, y además del trabajo ese del clima que me cuentas, ¿seguís tu amiga y tú con el Gabinete?

Intento mantener la sonrisa, como si sujetara con los labios el filo de una navaja.

—No, hace tiempo que ya no trabajamos juntas.

Dos

Matilda entra en el dormitorio, coloca en fila tres cojines y sobre cada cojín pone, con mucho cuidado, un par de tazas de juguete de porcelana, luego sienta un peluche enfrente de cada taza: la unicornia rosa tomará el té con la unicornia blanca; la gata Limona con la gata Luna; la jaguara con la leoncita. Le lleva un buen rato dejarlo todo como le gusta. Después, agarra un cojín más grande y encima pone la última taza, su favorita, unas flores de Lego alrededor y una velita que funciona con pilas. Se sienta delante.

—¿Jugamos a que yo no tenía mamá pero sí papá y mi papá era el dueño de un puesto de perritos calientes que no era nada especial, pero a mí siempre me lo ponía todo muy especial, y estos eran los clientes —señala a los peluches— que siempre decían: ¿por qué lo nuestro es menos especial que lo de esa niña?, y entonces tú aparecías y me decías: niña, ¿qué haces ahí cenando solita, cuántos años tienes?, y yo te decía que cuatro y medio, que es que mi papá era el dueño del puesto de perritos calientes y que si querías te podías sentar conmigo y ser mi mamá? ¿Jugamos, mamá, jugamos?

Yo estoy doblando la ropa limpia sobre la cama. Contesto mecánicamente.

—Sí, hija, sí.

—Pues venga, dilo, mamá, dilo.

—¿El qué tengo que decir?

—Pues lo de «niña, ¿qué haces ahí cenando solita...?».

En ese momento, el radiador de pared se desprende y cae al suelo sobre uno de los peluches.

—¡Mamá, la jaguara bebé!

Dejo la ropa y voy corriendo a levantar el radiador. Rescato a la jaguara, compruebo que no se haya dañado la tarima y luego miro los agujeros en el pladur, deformados, paralelos a otros agujeros anteriores porque —ahora lo recuerdo— ya se cayó otra vez, qué malo es el pladur. Le doy la vuelta al radiador. La sujeción es un apaño hecho con dos apliques en «L» porque la pieza original no valía. *No lo hice yo, fuiste tú. Me acompañaste a comprar estos radiadores de calor azul. Lo leíste en internet, o lo sabías, no lo sé, pero dijiste: Lo mejor para ahorrar en esta casa, que es todo eléctrico, son los radiadores de calor azul. Y luego inventaste este sistema de anclaje. Cogiste la taladradora como si fuera una prolongación de tu mano y lo sujetaste a la pared.*

Tiraste un poco de los extremos para comprobar si estaba bien fijado: Qué malo es el pladur, dijiste, está un poco de mírame y no me toques.

Se te cayó a ti la primera vez, un par de años después de ponerlo. Hiciste un par de agujeros nuevos, cambiaste los tacos... Ha durado hasta hoy.

* * *

—Oye, y ¿por qué no nos vamos a vivir a tu casa? —dice Marina frunciendo ligeramente la nariz —. He hablado con mi tía María Luisa, ya sabes, la hermana mayor de mi madre, mi consejera desde que ella murió, y dice que podría ser una buena idea.

Celia se queda pensando: la hipoteca le ha bajado lo suficiente como para poder volver a planteárselo. Además, los inquilinos se acaban de marchar, les ha salido un trabajo mejor en Barcelona. Ella sigue en su curro en la editorial, igual de mal pagado pero igual de estable. En realidad podrían, es un buen momento, así no tendría que buscar más inquilinos. Pero a Celia le da miedo. No puede evitar asociar su casa con la crisis y el desmoronamiento de lo que pensó que iba a ser su vida y ya no sería.

—Podríamos darle un buen empujón a nuestro Gabinete si vivimos juntas —insiste Marina.

* * *

Pablo deja las croquetas en la sartén al oír el golpe y entra en el dormitorio.

—¿Estáis bien? —nos pregunta.

—Papá —contesta Matilda sin hacer caso a la pregunta—, tú eras el dueño del puesto de perritos calientes y también eras mi padre y por eso me lo ponías siempre todo muy especial y a ellos no —señala a los peluches—. Y ella —me señala a mí— era una señora que tenía hambre y decía: uy, qué puesto tan poco especial, pero luego me veía y me decía: niña ¿por qué comes solita?, ¿cuántos años tienes?, y yo le decía que cuatro y medio y que si quería podía sentarse conmigo y ser mi mamá, y tú te llamabas cocinero chef y el salón era el puesto de perritos calientes y aquí es donde estaban las mesas, ¿vale, papá?

—Vale, Mati —le dice—. ¿Qué ha pasado? —me pregunta a mí.

—Nada, se ha desprendido —contesto mientras miro el radiador en la pared—, vas a tener que hacer otros agujeros para fijarlo...

—A ver —dice en tono de guasa—, ¿no me dijiste cuando empezamos a salir que yo me encargaba de hacer la compra y la comida, y tú de las chapuzas de la casa, que era lo que se te daba bien?

No sé por qué le dije eso, *igual pensaba que ya era un poco tú después de todo el tiempo que vivimos juntas. Que a lo mejor, de tanto mirarte hacerlo, mis manos también se me transformarían en herramientas precisas, que sabría mirar un agujero y decir qué broca, qué taco, qué tornillo.*

O puede que lo dijera porque quería sustituirte del todo para no recordarte. Si yo fuera capaz de hacer lo que tú hacías, entonces dejarías de existir, taparía tu ausencia. Podría extirparte de esta casa, de mi memoria, de mi presente.

Pero es imposible, y por eso escribo esta historia.

* * *

Una nueva mudanza. Esta vez, de las dos.

Marina dormirá en el dormitorio de las pelusas y Celia en el altillo sobre el salón, pero todo será espacio compartido.

—Toda la casa tiene que ser como un gran cuarto de estar. ¿Te has dado cuenta de que sólo las casas grandes tienen cuarto de estar? Las pequeñas tienen salón. Nunca se escribe en los planos de un piso como el tuyo «dormitorio», «baño», «cuarto de estar». Siempre se pone «salón». Y muchas veces eso a lo que llamamos «salón» es todo, es la casa entera: el comedor, la cocina, el dormitorio... Viene una visita y decimos: este es el salón —Marina extiende un brazo, ceremoniosa, mientras habla—, como si fuéramos las dueñas de Versalles. Celia se ríe a carcajadas, Marina continúa hablando: Somos idiotas, nos la cuelan todo el rato. Pues esta casa yo creo que tiene que ser un gran cuarto de estar, que en realidad es mucho mejor.

Su entusiasmo por iniciar una aventura con Celia se filtra por cada rincón, que moldea con algún detallito para hacerlo mejor, más cuarto de estar. Y poco a poco ese entusiasmo también irá permeando dentro de Celia, que volverá a sentirse a gusto en esa casa. En esa casa con ella.

Tres

Me pongo los auriculares para volver a escuchar la última ponencia del trabajo sobre la crisis climática de un antropólogo urbano de la Universidad Humboldt en Berlín. Ha sido de las mejores hasta ahora. Voy con el audio para adelante y para atrás buscando uno de mis fragmentos favoritos, el momento en el que habla de los biotopos: «En los años cincuenta, en Berlín, un grupo de ecólogos introdujeron la noción de biotopo urbano. Comenzaron a estudiar la flora que estaba creciendo en las ruinas de la ciudad bombardeada y descubrieron que había una serie de plantas a las que les iba muy bien creciendo entre los escombros de la ciudad. En esos lugares bombardeados, destruidos, había una tremenda biodiversidad botánica, los biotopos ruderales».

Eso éramos nosotras cuando nos mudamos a mi casa, ¿no crees? Un par de ruderales creciendo juntas entre los escombros de la ciudad.

* * *

Marina fabrica unos separadores con restos de cartón para los cajones de su armario, demasiado anchos y profundos. Celia la mira embelesada.

—¿Cómo puedes tener tantos calcetines?

—Estos son sólo los de invierno —responde Marina, y luego señala una bolsa de rafia del supermercado—, ahí están los de verano —y se gira un poco más y señala otra bolsa más— y ahí las medias.

Marina vuelca los calcetines blancos y negros en los compartimentos que ha diseñado, repasa con el cúter los cantos de arriba y cierra el cajón.

Celia podría quedarse horas mirando cómo su amiga coloca su ropa. Celia adora el orden. El orden la ayuda a no tener miedo al mundo, ese lugar imprevisible y caótico donde puede pasar cualquier cosa terrible. Donde un día tu carrera no vale nada. Donde un día tienes que salir de tu casa porque no puedes pagarla. Donde un día. No puede ni pensarlo y por eso adora el orden, porque la protege. Es la barandilla que la ayuda a no caerse. Aunque ella donde de verdad se siente segura es fuera del mundo. Por eso desconecta con frecuencia, abandona y se resguarda en su laberinto mental, que está vivo, como una oruga que se come la realidad. Le pasa incluso mientras está charlando con alguien. De pronto algo, ¿qué?, una luz que varía, una silla que gime al desplazarse, un mechón desbocado en una melena recta, no lo sabe, pero ese algo la devuelve al laberinto. Hogar tranquilo, perro manso que mueve el rabo al verla. Y no es que Celia esté con la mirada perdida mientras otro habla, es que ella misma se deja frases a medias: «Me pasó el otro día que...», y la otra persona se queda esperando sobre los puntos suspensivos: «¿Qué te pasó, Celia?», y entonces ella siente el zarandeo, el mundo agitándola como un mantel con migas, y la oruga la vomita al instante presente, ante los ojos de ese alguien que espera una respuesta. Pero la oruga la vomita desnuda.

Celia olvida lo que estaba diciendo
igual que olvida los paraguas en el autobús
o a qué iba a la cocina
dónde ha puesto el ratón inalámbrico
¿cómo puede ser?
lo ha cogido sin darse cuenta
joder
las llaves el móvil los cascos
demasiadas cosas en las manos
¿a qué iba a la cocina?
mira la hora
ha quedado y va a llegar tarde
otra vez
Marina encuentra el ratón en el frutero
encajado

en la curva de un plátano
son el uno para el otro
dice
y se ríe
Celia también se ríe pero
por dentro
por dentro la oruga

¿Cómo puedes ser tan despistada con lo que te gusta el orden?, dice Marina. Celia se queda pensando en la pregunta. No lo sé, creo que porque mi tendencia es la de evadirme, pero no puedo evadirme del todo porque tengo un cuerpo y vivo aquí, dice.

* * *

Es 1987. Celia tiene ocho años. Es domingo y toda la familia —su padre, su madre, su hermano y ella— está sentada a la mesa. Comen en la sala de estar, que no está tan cerca de la cocina como el salón, pero «en el salón no se come», dice siempre la madre. La casa la diseñó el padre y bien podría haber situado la cocina al lado del cuarto de estar y no el salón, que apenas se usa, pero *ya lo decías tú*, la convención, *siempre se llama salón-comedor a la estancia junto a la cocina*, junto con el deseo de ascenso de clase, *el salón cerca de la entrada para que lo vean bien las visitas*, supera la lógica del uso diario.

El padre se echa un poco de Casera en el vino, la madre sirve la sopa.

—¿Es sopa roja? —pregunta Celia.

—Es sopa —contesta su madre.

A Celia no le gusta la sopa roja porque...

—Es que tiene mucha cebolla —dice arrugando la nariz y sacando un poco la lengua.

—No tiene cebolla —replica su madre.

Pero Celia saca trozos de cebolla del tamaño de los cromos de Panini y los coloca en el borde del plato, que empieza a parecer una gran margarita.

En la tele ponen *La aldea del arce*. Las casas brotan de la tierra y la conejita abre una puerta y detrás hay una nada rosa, y cuando comienza el estribillo: «Chalalele, chalalá, en la aldea quedarás», Celia le da un codazo a su hermano para que canten juntos.

Pero su hermano no responde.

Tiene dos años más que ella y está ausente. Flaquísimo. Es un cuerpo desinflado por una depresión infantil, pero eso Celia no lo sabe todavía. Se lo contarán muchos años después. A ella tratarán de protegerla así, no diciéndole nada.

Lo único que sabe es que un día su hermano dejó de cantar con ella. Oye los cuchicheos de sus padres. Se da cuenta de la tristeza que su madre intenta ocultar sin éxito, de las visitas a médicos en busca de respuestas y de que tienen que dejarla con la abuela mientras tanto. Un mientras tanto que durará cuatro años.

También sabe que ese silencio oculta algo terrible, insoportable, y que lo mejor que puede hacer es desaparecer, no molestar. Y es ahí, en ese momento, cuando hunde las uñas hacia adentro para excavar un refugio, una habitación interna, cuando nace su oruga.

Celia vuelve a poner los ojos en *La aldea del arce* y se abre un hueco dentro de su mente, un camino, como los caminos en la comida que hacía «La oruga glotona» en el libro que le leía su madre cuando era más pequeña. En esos caminos le brotan casas, la conejita, la nada rosa. La oruga construye un laberinto que va llenando con lo que Celia lee, con lo que imagina, con los dibujos animados, con lo que aprende en el colegio, con lo que le cuentan sus amigas en el recreo. Celia pasa horas en su laberinto vivo, infinito, desconectada de lo que sucede alrededor. Y, alrededor, su madre aproxima la silla hacia su hijo e intenta hacerle volver con la familia. Le tironea de la manga, dice su nombre, trata de darle ella misma la sopa como si fuera un niño chico. Su padre baja la cabeza y apaga la televisión en los anuncios. No los soporta y tampoco soporta no saber qué hacer. Ella se queda mirando la pantalla en negro como si siguiera encendida porque *La aldea del arce* continúa en su cabeza y, de pronto, algo, no sé, quizá una conversación que se inventa con el lobo vagabundo de la serie, ese algo le hace reír a carcajadas en medio de esa casa desesperada.

Sus padres la miran atónitos y enfadados: Tú es que siempre vas a lo tuyo, eres una insensible, le dicen y se lo repetirán muchas veces después.

Ella siente el zarandeo, regresa a la realidad, desnuda, avergonzada. Estúpida oruga.

Pero no. La oruga no es estúpida, en realidad nació para salvarla. Gracias a ella se evadió de lo que no podía soportar. El mundo un día puede vaciar el cuerpo de tu hermano a tu lado. El mundo un día. Así que Celia, desde entonces, convive con su oruga y disfruta caminando por el laberinto que ha ido creciendo en su cabeza, lo único que pasa es que a veces se separa demasiado de la realidad. Por eso necesita el orden, porque la ancla a la tierra.

Y de repente, Marina. Marina no es sólo ordenada. Es otra cosa, es eficaz, es ingeniosa, desatasca cualquier problema doméstico de los que a Celia la marean. Marina llega con sus compartimentos en los cajones, con sus bandejas intermedias en estantes demasiado altos, con sus cajas de plástico bajo la cama. Llega con unas telas atrapapolvo para la lavadora, con una funda que une dos colchones de noventa para hacer una cama grande. Llega con los alargadores adecuados, con su destreza comprando en la ferretería las L, los ganchos, los tacos para el pladur. Marina se sabe todas las medicinas y la mejor homeopatía, todas las comidas saludables que se pueden hacer fácil y rápido, *a ti te gustaba tan poco cocinar como a mí,* sabe también cuál es la mejor mascarilla para el pelo y la mejor cera para depilarse el bigote.

Marina también piensa que el mundo es un lugar caótico, pero eso no le da miedo. Al contrario, le activa su capacidad inventiva, asombrosa. A ella no le seduce separarse de la realidad. Le encanta sentir cómo sus manos arreglan algo que no funciona. Y entre los cachivaches, los artefactos que construye para ordenar cada cosa en su lugar, la oruga de Celia se amansa.

Son como el plátano y el ratón inalámbrico en el frutero. Se huelen las carencias mutuamente y las combaten con habilidades complementarias. O eso es lo que piensa Celia cuando trata de explicarse la intensidad de su relación. Como si el dolor al que tuvieron que sobrevivir de niñas hubiera escarbado sus cuerpos por dentro dejando un hueco con la talla exacta de la otra.

* * *

Es 1983. La cuidadora se asoma de soslayo por el ventanal de la cocina mientras da una última pasada a la encimera. Es una casa bonita en un séptimo y puede ver las copas de los árboles y cómo los gorriones se lanzan desde las ramas y caen como pompones a la acera.

El reloj del salón, *el tuyo sí era un salón*, empieza a sonar. El péndulo dorado se balancea dentro de su caja de madera. Es un mueble alto, de dos metros, y hay que limpiarlo con mucho cuidado, sobre todo por los relieves, hay que utilizar un producto especial. El reloj para. Son las seis.

Las otras cuidadoras regresan del parque con los niños cogidos de la mano. La sombra de sus brazos se alarga, infinita. Ellas tiran hacia delante para avanzar hacia lo siguiente y los niños hacia atrás, resistiéndose a lo que toca. Alargando el presente.

La mujer que mira de soslayo por la ventana del séptimo no ha sacado a la niña que cuida, pero ha dejado la casa impoluta. El baño le ha quedado perfecto. Había una mancha incrustada en una junta que ya no está. Sólo ha hecho falta un poco de amoniaco y frotar con un cepillo de dientes.

Las cuidadoras cuidan, pero también limpian y hacen la comida y a esta cuidadora, en realidad, no le gustan mucho los niños. Mintió en la entrevista.

¿Dónde está la Marina de cuatro años a la que tiene que cuidar?

—¡Mamá, mamá!

Nadie responde.

Marina está encerrada en el cuarto de la plancha, donde su padre también guarda sus herramientas. Allí pasará horas mirándolas para no aburrirse, se las aprenderá de memoria. La cuidadora la mete en ese cuarto cada vez que la niña da la lata. La madre se enterará mucho tiempo después de que esto ocurre a menudo.

—¡Mamá, mamá!

Marina grita cada vez más bajito.

—Mamá, mamá.

Hasta que el grito se absorbe hacia dentro, horadando el interior de su cuerpo y perforándole el pecho. El agujero se le quedará para siempre.

* * *

Pablo entra con sigilo en el dormitorio. Utiliza la luz del móvil para orientarse y llegar hasta la cama. Nuestra cama son dos camas, en realidad, una cama de matrimonio en la que dormimos Matilda y yo, y una individual pegada en la que duerme Pablo. Se tumba en la cama pequeña, alarga un brazo y me acaricia la cabeza, luego acaricia la cabeza de Matilda, que está sobre mi pecho. Tiene casi cinco años y sigue durmiendo encima de mí.

Cojo el móvil tratando de moverme lo menos posible para no despertar a Matilda y anoto: nosotras, ruderales. *Desde que estoy escribiendo nuestra historia me detengo en cada pequeña pista que encuentro. Ponerle palabras a lo que viví contigo es como intentar coser trozos de mar, pero aquí estoy con mi aguja y mi flotador.* Después cojo los auriculares y escucho de nuevo la ponencia del antropólogo urbano. Cuando llego al momento de los bombardeos en Berlín, comienzo a caminar por mis propias ruinas, veo a mi hermano enfermo y me veo a mí a su lado cantando «Chalalele, chalalá». *Después apareces tú llamando a tu madre tras la puerta del cuarto de la plancha.*

Le doy un beso en la frente a Matilda. Respira tranquila. Es tan pequeña, *éramos tan pequeñas.* No podré evitar que a mi hija también se le desmorone todo alguna vez, que camine entre los escombros. Espero no ser yo la guerra de la que sobreviva.

* * *

La madre de Marina echará a la cuidadora, cambiará de trabajo y pasará las tardes con ella. Intentará cerrar la herida, que cicatrice bien, que no quede marca, sana, sana, colita de rana, ya está aquí tu mamá, nada malo puede pasarte. Pero Marina, que es aún muy pequeña, también intentará reparar su posible responsabilidad, por favor que no se repita piensa que tal vez la dejaron sola con aquella señora que la encerraba porque no era lo suficientemente guapa, o lo suficientemente buena o cariñosa. O lista. Escogerá este último adjetivo para conquistar a sus padres, para que nunca más la vuelvan a abandonar. La inteligencia es el atributo más valorado en su familia. Siempre se habla de los méritos de su padre como diplomático o de su madre como abogada del Estado. Ella aprecia cómo otras personas modulan el tono, la postura, el gesto, cuando se dirigen a sus padres. Es que tus papás son muy inteligentes, tú tienes que estudiar mucho para ser como ellos, le dicen sus abuelos, el conserje, la frutera. Así que Marina se obsesionará con ser la niña que mejores notas saca, incluso mejores que las de Regina Salmerón, la más lista de la clase. Un día, les pedirán en el cole que hagan un circuito eléctrico, algo sencillo, y Marina construirá un faro con una botella de plástico y una luz que hará girar mediante una manivela. Le alabarán mucho ese trabajo en el colegio y, lo más importante, en casa. A partir de entonces, estará siempre trajinando con las herramientas, fabricando pequeños inventos y su madre presumirá muchas veces delante de ella. No veáis lo listísima que es la niña, mirad lo último que ha hecho. Y así seguirá Marina hasta la carrera. Elegirá Arquitectura porque sus padres le dirán que es una carrera en la que seguro que puedes desarrollar todas esas habilidades que tienes y además tiene futuro. Pero al poco de empezar, su madre enfermará de cáncer y un par de años después la abandonará definitivamente.

—¡Mamá, mamá!

El grito dentro de Marina reabrirá el agujero de su pecho, que será enorme esta vez.

Por eso, la Marina que no teme al caos sin embargo se rompe a menudo cuando siente que tiene que demostrar su inteligencia. Se hace pequeña, como lo era en aquel cuartito encerrada. Si son cosas que no le importan mucho, se defiende haciendo una broma, o incluso poniendo cara de asco, como si fuera de idiotas preguntarle qué libro está leyendo. Pero si alguien le pregunta por el nuevo proyecto en el que están trabajando juntas, aunque sean unos amigos en un bar, como los amigos con los que han quedado esta noche y con los que se están tomando unas cañas, aun con ellos, Marina se tensa. Intenta explicar lo que hacen muy seria y al principio empieza bien, pero al poco teme confundirse, balbucea, habla cada vez más bajo, ¿y si la dejan de querer?, ¿y si no la oye nadie si grita?

Y de repente, Celia. A Celia no le importa lo que nadie piense de ella, quizá por eso viste rozando lo estrafalario, mezclando estampados y tonos que no combinan. Engarza su cuerpo vestido de colores con el de su amiga en blanco y negro para hacerle un refugio. Siempre se le quedará esa pulsión dentro, como de intentar salvar a quien lo necesite. Quizá porque no pudo hacerlo con su hermano, «eres una insensible», y ahora cree que es capaz de oír el grito de Marina desde el cuarto de la plancha, cree que puede abrir la puerta y sacarla de ahí. Además, para ella el proyecto es como una habitación más dentro del laberinto de su cabeza y disfruta contando sus ideas. Enseñando esos túneles que crecen dentro de ella. Le brillan los ojos, mueve las manos excitada, aprieta a su amiga contra ella, y los demás la escuchan a pesar del ruido y de la música, asienten interesados mientras beben cerveza.

De vuelta a casa, tras despedirse de sus amigos que aún siguen en el bar tomándose la última, un poco de llovizna cae sobre ellas.

—¿Tú crees que soy lista? —pregunta Marina desde su lado bueno.

Celia levanta una ceja y mira a su amiga como si le tomara el pelo. Para ella es evidente que el Gabinete es posible gracias a cómo trabajan juntas: Marina es la que consigue aterrizar los laberintos de su cabeza, es el puente que la conecta con el mundo, es quien la ordena.

—Pues claro que eres lista, tonta.

Se ríen.

—Oye, ¿y tu paraguas?

—Creo que me lo he dejado en el bar —contesta Celia.

Vuelven a reírse.

Marina abre el paraguas sobre las dos.

Cuatro

La enfermera me espera tras la puerta del cuarto en el que he dejado la ropa, el bolso y el collar de cuentas de Matilda. La sigo por el pasillo del hospital envuelta en una gasa con la que me tapo el pecho.

—Póntela como un chal —me ha dicho.

Los pezones se me transparentan por el falso chal y cruzo los brazos para armarme otra piel sobre mi piel.

—Aquí es.

La enfermera se para, señala una puerta y desaparece por el pasillo de fluorescentes en busca del próximo cuerpo.

Entro en una habitación oscura, sólo iluminada por las máquinas. Mis ojos tardan en dibujar el contorno de la estancia. Respiro aliviada, la primera prueba será la ecografía, al menos no empiezo por lo más doloroso. La radióloga me dice hola sin mirarme y gira la cabeza hacia la camilla.

—Túmbate, por favor.

Me tumbo, descubro mi pecho bajo el falso chal. Ella vierte un gel frío y viscoso y desliza por encima el aparato transductor.

—Con tu historial, tenías que haber venido hace dos años —me reprende.

—Sí, tiene razón, perdón.

No sé por qué pido perdón. Odio hacerme estas pruebas. Los silencios, las esperas entre resultados. Olvidé venir el año pasado, y el anterior, o quizá lo rehuí inconscientemente.

A la radióloga le da igual mi perdón. Está concentrada en entender las manchas que aparecen en la pantalla. Yo la miro y busco en su rostro cualquier pista, pero su cara es tan indescifrable como mis tetas por dentro. *Me acuerdo de las tuyas. Cómo te gustaba pasearte desnuda por casa delante de mí. Yo siempre fui más recatada, pero tú, en cuanto tenías la oportunidad, te quedabas en tetas. Tus tetas tenían unas estrías que salían de los pezones hacia afuera y surcaban caminos blanquecinos en tu piel oliva. ¿Verdad que parecen dos soles?, solías decir.*

Cierro los ojos e intento distraerme. La radióloga presiona un lateral de mi pecho izquierdo. Me hace daño, doy un pequeño respingo. Ella se da la vuelta y me mira a los ojos por primera vez. Varios pelos electrizados se le escapan hacia el techo.

—Si te mueves vamos a tardar mucho más.

—Perdón —vuelvo a disculparme—, como llevo tanto tiempo en la misma postura sin moverme, no me he podido controlar.

—Llevas mucho rato sin moverte porque hay mucho que fotografiar.

Y sigue pasando el aparato por mi pecho, fotografiando, anotando. Con su cara de plástico.

* * *

Es 1992. Celia tiene trece años y busca por debajo del pijama el origen de un dolor leve pero incesante. Sus dedos se detienen en un bulto: unos cinco centímetros bajo la axila izquierda.

—¡Mamá! —grita desde la cama.

Su madre aparece casi inmediatamente con su cara de madre completamente madre.

—¿Qué es lo que pasa, Celia?

—Aquí, tócame aquí.

La madre palpa el bulto, contiene la respiración unos segundos con una mueca tensa. Celia cada vez está más preocupada. De pronto la madre recuerda una teoría que ha oído en alguna parte.

—¿Te duele?

Celia asiente. La madre afloja un poco.

—Si te duele es buena señal.

* * *

Sólo son fibroadenomas, nada malo en principio, pero, aun así, desde que Celia se encuentra aquel primer bulto, los médicos no la dejarán en paz. Le harán una ecografía anual por si crecen, por si hay alguna modificación, por si acaso. Siempre la acompañará su madre, pero, cuando Celia cumpla los treinta y dos y le recomienden hacerse su primera mamografía, quien la acompañará por primera vez será Marina.

Celia tiene las piernas cruzadas y mueve el pie izquierdo frenéticamente. Marina le pone la mano sobre la rodilla. Hay unas cuarenta personas en la sala de espera del semisótano del hospital, el mismo hospital al que siempre va Celia aunque no la traten especialmente bien. En ese espacio se juntan todos aquellos que necesitan que los vean por dentro (radiografías, ecografías, resonancias, TAC, mamografías). Todos sujetan en la mano el tique que les han asignado y a cada minuto comprueban en la pantalla que aún no les toca.

—A ti lo que te pasa es que con esas tetas que tienes —dice poniendo su voz de broma— te han querido adelantar la mamografía porque no quieren esperar hasta los treinta y cinco para verlas bien. Les gusta mirarlas lo más y lo mejor posible. No son dos soles como las mías, pero no están nada mal.

* * *

La radióloga me da un trozo de papel para que me limpie y me dice que ha terminado. No dice nada más. Tendría que haberle dicho a Pablo que me acompañara, odio venir sola a estas pruebas y sobre todo salir sola dándole vueltas a los silencios de las doctoras. Me arrebujo en el falso chal y cojo aire para entrar en la siguiente sala. La gran máquina de tortura. Un pulpo gigante de brazos toscos y un blanco desgastado ocupa casi todo el espacio. A su lado, una mujer con la cara muy redonda y el pelo subrayando su redondez controlará la presión de la bestia articulada sobre mi pecho. Tiene cara amable aunque será mi verdugo.

—Empezamos con la izquierda.

Vuelvo a destaparme y coloco la teta izquierda sobre una superficie de vidrio y luz. La mujer me indica que la meta un poco más y yo la agarro como masa de pan, la empujo e intento situarla como me dice.

—No es suficiente —replica.

Lo vuelvo a intentar sin acierto. Y entonces ella también introduce las manos y amasa mi pecho hasta que queda satisfecha. Después me deja, se da la vuelta y entra en una habitación acristalada y protegida desde la que me ve. Activa la máquina y me habla por un micrófono que resuena a mi alrededor.

—No respires.

La máquina me prensa la teta como una sandwichera.

Grito.

—Sólo un poco más —dice la voz tras el cristal.

Me muerdo el labio inferior y levanto la mirada para tratar de contener las lágrimas. Me concentro en el falso techo. *Sigue siendo igual de feo que siempre.*

* * *

—¿Por qué siempre serán tan feos los falsos techos? —dice Marina de pronto, quizá porque llevan ya mucho tiempo esperando y no sabe a dónde mirar—. Yo creo que deberíamos dejar de hacer el punki por las calles, que está muy bien hacer instalaciones y denunciar la burbuja inmobiliaria, no digo que no, pero igual deberíamos dedicarnos a diseñar unos falsos techos bonitos, ¿no crees? Seguro que nos forrábamos.

Celia inclina la cabeza ligeramente hacia arriba para ver el falso techo, horroroso, de ese blanco estriado que hay en casi todos los edificios y, concretamente, en casi todos los hospitales. «Se me debe de notar mucho la preocupación», piensa y sonríe a Marina, que claramente está intentando distraerla con cualquier tontería que se le ocurre.

Un hombre con muletas se sienta al lado de Celia y la mira disimuladamente. Ella levanta una ceja con desagrado, preferiría estar sola junto a su amiga y se fija en el tique que el hombre sujeta en la mano. Lo encabezan las letras CON. Corresponden a las dos primeras letras del primer apellido, y a la primera del segundo apellido, lo sabe por todas las veces que ha estado en esa misma sala de espera. Podría ser por ejemplo el Sr. Costa Navarro, pero le divierte más completar mentalmente una frase que comience con su CON: «CON la de sitios libres que hay, tenías que sentarte precisamente a nuestro lado».

—Casi lo peor de los falsos techos —insiste Marina, a quien le da exactamente igual el señor de las muletas— es esta luz blancuzca. Aquí somos todos más feos. A ver, un momento..., mírame —dice con los ojos entrecerrados— y ahora gira la cabeza para que te vea al trasluz. Sí, sí, ya tienes otra vez bigote, luego en casa te hago un repaso.

Esta vez Celia sí se ríe. El señor que está su lado gira la cabeza en el sentido contrario.

Seguramente nos habría ido mejor si nos hubiéramos dedicado a diseñar falsos techos bonitos.

* * *

La técnica sale de su pecera-búnker y se aproxima hacia mí.

—Hay que repetir el pecho izquierdo. —Mis cejas se arquean pidiendo una explicación, pidiendo clemencia—. Es que no se ve nada. Tienes el pecho muy denso.

Vuelve a moldear mi teta izquierda sobre la placa. Giro la cabeza en el sentido opuesto buscando la puerta de salida. La mujer suelta mi pecho y abandona otra vez la sala.

—No respires —vuelve a decir a través del micrófono.

Esta vez cierro los ojos. Pienso en mi hija, la persona que más adora mis tetas. Me las toca cada vez que le da miedo algo, o cuando se siente triste o vergonzosa, o a veces, en mitad de un juego, viene y me las toca, como si parara a repostar, y luego sigue jugando. Matilda las llama chapuzón y cocodrilo.

Trago saliva y contengo otra lágrima que se escapa desmadrada. Aprieto aún más los ojos y me repito: «Está todo bien, está todo bien...».

* * *

La sala de espera bombea personas que salen y entran, que recogen tiques, que se distraen con quien tienen a su lado, que esperan con cara de preocupación. Una mujer joven arrastra un portasueros.

Lleva un pañuelo en la cabeza y está muy pálida. Celia baja la cabeza inmediatamente.

—Si me dicen que me pasa algo, tendré que buscarte otra amiga —dice muy bajito.

Marina levanta la ceja derecha.

—¿Qué dices, tía? ¿Como la prota de la peli esa de la Coixet, que cuando le dicen que se va a morir le busca otra mujer a su marido? ¿Cómo se llamaba?

—Mi vida sin mí.

—Mira que te pones dramática, hija. A mí no me vas a tener que buscar ninguna amiga porque no te pasa nada. —Respira hondo y coge la mano de Celia—. A lo mejor habrías preferido que te acompañara tu madre, ¿no?

—No, qué va —responde mientras piensa en otras situaciones, cuando la depresión de su hermano o cuando la ha acompañado a sus revisiones anuales. Su madre con los puños apretados intentando ocultar con palabras calmadas el torbellino de sus pensamientos. En su familia nunca han sabido darle un lugar al dolor o al miedo. Han preferido el silencio al grito. Guardar las formas en el desastre. La contención como forma de relacionarse. Esconderse dentro del cuarto de la plancha por voluntad propia. Pero Marina no es así. Ella comparte sus sentimientos igual que respira. Les da todo el espacio, los pone sobre la mesa y disecciona hasta la última partícula. Y aunque a Celia en parte la escandaliza, a la vez también le parece que es la única capaz de ponerle palabras a lo que ella misma siente.

—¿Seguro? Yo sí querría que me acompañara mi madre, si pudiera —insiste Marina.

Celia le aprieta levemente la mano.

—Seguro. Prefiero que estés tú.

Las letras de Celia aparecen en la pantalla: OJL. Ojeda López, pero Celia piensa: Ojalá.

Una enfermera le hace un gesto para que la siga.

—¿Puedo ir con ella? —pregunta Marina.

La enfermera le dice que no con el dedo. Celia le da el bolso a su amiga.

—Cuídamelo.

Marina lo agarra y luego le estruja con suavidad una teta a Celia.

—Oye, que seguro que no es nada. Nunca es nada.

Cinco

Me salta una notificación en el móvil. Mi amigo, el de la beca de Berlín, me ha etiquetado en una publicación de X. Un post en el que aparece su último libro: *Performing Free Culture in the Streets*. Él lleva años estudiando las dinámicas espontáneas que surgen en la calle y que desvían esa vocación contemporánea de acelerar nuestro ritmo para llevarnos de un lado a otro. La calle siendo personas que detienen el paso, el canal imparable que nos conduce del trabajo a casa, de casa al trabajo. Una acampada en la plaza, un solar que se hace huerto urbano, otro solar en el que los adolescentes se organizan para jugar al baloncesto, unas vecinas que montan un teatro urbano para que no las desalojen de sus casas, un cine que posa el proyector en un cubo de basura y que engancha la electricidad del bar en el que todos tomamos cerveza. Ah, esto se podía, recuerda de pronto alguien al ver a unas parejas bailando el chotis cada sábado en un callejón pequeño, como si encontrara una foto de cuando era pequeño abrazado a la gata de la vecina y se prometió que sería veterinario pero nunca lo fue.

Mi amigo registra esas anomalías. Los cuerpos que dibujan otra ciudad. Los cuerpos que recuerdan que la anomalía es seguir adelante, sin parar, como si no pasara nada. Olvidarnos de que esto se podía. Pasar página, enterrar el agujero.

La cubierta de su libro la ilustra una fotografía en la que sale una instalación de nuestro Gabinete de Acciones Urbanas, pero no sólo, *también aparecemos nosotras. La primera foto que nos hicieron para una revista. Nos gustaba mucho cómo salíamos y la guardamos en la carpeta «Nosotras». Nosotras caminando, agarradas del brazo, esta vez por tu lado malo porque el lado bueno se lo dabas a la cámara. Tú con camisa negra y cuello blanco, yo con vestido rosa y botones verdes. Las dos sonreímos.* Me dan ganas de llorar. *A ti también te ha etiquetado.*

* * *

Marina está sentada en el váter con la puerta del baño abierta. Desde que empezaron a vivir juntas hace año y medio, nunca la cierra porque para Marina hacer caca no es un acto íntimo, incluso piensa que es importante poder compartir ese momento con quien sea que esté viviendo. Celia, mientras, responde un mail de una revista que quiere entrevistarlas.

—Entonces, ¿qué les digo? —grita desde la mesa del salón, donde las dos tienen su ordenador porque el salón es también el comedor, el cuarto de estar y el lugar en el que trabajan.

—¡Diles que sí!

Celia se levanta de la mesa, va hacia el baño y se pone de cuclillas delante de su amiga.

—Date cuenta de lo que significa este momento. —Se para un momento y mira a Marina fijamente mientras asiente, como si con ese balanceo de cabeza pudiera hacerla comprender la profundidad de lo que va a decir—. Es verdad que hasta ahora no podemos hacer algo rentable del Gabinete porque nadie sabe quiénes somos, pero eso también es especial... Lo que hacemos es como un regalo al mundo, un secreto, una sorpresa y, a la vez, no se espera nada de nosotras... Somos libres.

El Gabinete para Celia es una ampliación de sus laberintos mentales, un refugio en el que jugar con su amiga. Ocurre en el mundo, pero sin el mundo. Un mundo aparte. El de ellas.

La revista que les ha escrito es una de sus favoritas, siguen todas sus publicaciones sobre arte y cultura y guardan en la carpeta «Cosas que molan» algunos de sus artículos. Se imaginan siendo ellas parte de ese lugar que selecciona lo que más les gusta, formando parte de la carpeta «Cosas que molan» de otra gente.

Se han interesado por su trabajo porque han visto por las redes varias de sus acciones urbanas, por ejemplo la de «Los sonidos de Madrid» sobre una valla de obra en una calle muy céntrica. Colocaron cien códigos QR de los que colgaban cien auriculares y cien etiquetas. Los auriculares los consiguieron por un primo de Celia que trabaja en la Renfe y un día les regaló una caja llena: Por si os sirve para las movidas esas que hacéis en la calle. Los QR contenían archivos de audio que las dos habían recolectado durante meses, y en las etiquetas escribían cuál era ese sonido concreto: las ruedas de las maletas de los turistas subiendo por la calle Atocha, el zumbido de un telefonillo roto, el pescadero de Santa Isabel dejando caer un trozo de merluza sobre la balanza, la mujer del pasaje Doré que vende bragas contra la crisis: Llévese cuatro y pague dos, señora, las campanas de la iglesia de San Isidro un domingo a las doce y el hombre que pide la voluntad en la puerta, los vendedores ambulantes de cachivaches luminosos en la Plaza Mayor, la voz del metro llegando a Sol: Atención, estación en curva, al salir tengan cuidado para no introducir el pie entre coche y andén, los cierres metálicos de los comercios en la calle Magdalena, los manifestantes de la Marea blanca cantando «La sanidad no se vende, la sanidad se defiende», la señora María que insulta a todo aquel con el que se cruza, el camión vaciando el contenedor de vidrio, el calentador de la leche en la cafetería de Amparo, las máquinas de aire acondicionado en los balcones, una moto con el manillar muy alto, un perro que se cruza con otro, una señora que da de comer a las palomas y les dice: uma, uma.

Muchas personas han compartido fotos en su Facebook donde se las ve conectando los auriculares al móvil y escuchando el catálogo de sonidos. Caras sonrientes, caras por el día y por la noche. Caras desconocidas. Eso les encanta a Marina y a Celia, la vida de lo que dejan en la calle cuando ellas ya no están. La vida sin ellas. Les chifla encontrarse esos retazos de historias por las redes sociales.

Y entre los muchos mensajes que reciben, un redactor les ha enviado un mensaje directo a la página de Facebook del Gabinete, quiere entrevistarlas y retratarlas en la próxima intervención que hagan.

Celia le da la vuelta al rollo de papel higiénico, no puede soportar ver la caída del papel hacia la pared cuando es obvio que tiene que quedar hacia afuera y Marina siempre lo coloca al revés. Su amiga deja caer un último chorrito de pis y Celia vuelve a la carga:

—Entonces, a ver, no está mal que se sepa que lo hacemos nosotras, pero la pregunta es ¿de verdad es esto lo que queremos? Porque podemos decirles que sí a la entrevista, pero que no aparezcan nuestras caras y firmar como Gabinete de Acciones Urbanas.

Marina coge un poco de papel higiénico, lo dobla dos veces con delicadeza, eso le gusta a Celia, le da un cosquilleo de placer. Para ella sí es importante que eso que han creado se reconozca como su trabajo, que puedan contratarlas y pagarlas, claro, pero sobre todo quiere que las valoren, que les digan: Qué listas sois.

Que no se quede guardado en el cuarto de la plancha.

El sonido de la cisterna ruge como un estadio que aplaude las palabras de Marina: diles que sí.

* * *

Pulso en tu perfil de X con idea de bloquearte lo antes posible. Es la única red social en la que no te tengo bloqueada porque apenas la uso.

Qué estupidez es esa de que «El mejor desprecio es no hacer aprecio», mostrar indiferencia, sonreír enseñando los dientes.

«¿Y no sabes nada de ella?», «¿no habéis quedado a tomar un café?», «la vi hace poco en una fiesta», «yo pensaba que erais novias». Recojo los comentarios que me lanzan en el bar de Amparo, en la clase de yoga, comprando un pollo, en el bazar. Sostengo las ganas de llorar. «Qué pena, pero, bueno, hay que pasar página». Las calles están para avanzar y no para detenerse. Intento que no se me note, *mientras tú, desde otro barrio en el que no tenemos un pasado juntas, apareces en la pantalla de mi móvil:*

de viaje en Tailandia
con tu novio que hace surf
en unas cañas después del trabajo
con una nómina
en tu casa
a salvo
sin mí

«Pero bloquear es muy radical, ¿no?», «vosotras, que erais como hermanas», «deberíais hablarlo». «No quieres saber nada de su vida, pero escribes una historia sobre vosotras». Esta última voz es la mía, o quizá la tuya.

Al principio, sólo oculté tus publicaciones, pero no fue suficiente porque tú no hiciste lo mismo conmigo. Tenías que dejar la huella de tus megustas sobre mi vida.

Escribo porque yo no puedo tapar el agujero con corazones rojos.

* * *

Celia sigue en la editorial de libros de arquitectura donde no gana mucho, pero al menos tiene que ver con la carrera que estudió y le da cierta estabilidad. Además de trabajar en la redacción, le toca viajar muchas semanas vendiendo libros por las escuelas de arquitectura del país. Le cansa, pero también lo disfruta en cierto modo: coger el tren, llegar al hotel, dejar la maleta, buscar los sitios que conformarán su rutina durante una semana y después llegar a la facultad y colocar los libros, muy ordenados como a ella le gusta, sobre la mesa, mientras espera a que lleguen los estudiantes. En esas esperas siempre encuentra algún hueco para enviarle un mail a su amiga. Algunas veces varios mails.

Querida Marina:

Te digo, el mundo se pone en movimiento y se olvida de que yo sigo quieta, en el puesto. La campana de las clases suena y el vestíbulo se vacía. Me quedo sola, una hora, dos horas. Durante ese rato soy invisible, como un jubilado sentado en un banco de un parque.

Sé lo que pasa cuando no pasa nada.

Desde esta nada te hablo. ¿Tú existes o te he inventado yo?

Querida Marina:

Después de la nada de pronto salen todos de golpe como una presa que se rompe. Yo tengo que activarme rápidamente: ¿Quieres que te cuente la oferta? Lo digo cien veces y luego es siempre la misma cantinela, las mismas preguntas y respuestas. Mi boca se mueve automáticamente, como si simplemente dejara salir las palabras que tengo guardadas en algún casete dentro de mí. Yo me canso de mí misma y abandono, desconecto, ya sabes, mi oruga. Pero, sin embargo, joder, he descubierto que se me da bien esto de vender, por algún motivo confían en mí. Podría venderles cualquier cosa. Qué desastre.

Querida Marina:

Fumar tiene muchísimo sentido. Al menos aquí. ¿Nos fumamos uno?

Querida Marina:

Me voy a recoger ya. Me iré al bar de anoche que te conté. Tiene unas columnas de hierro fundido rojas muy bonitas y techos altos. Es un sitio donde parece que te van a clavar, pero luego tiene precios populares. Ayer me senté en la barra y pedí un caldo, que es lo que tenían de especialidad, y se me sentó una señora al lado con un perro pequeño al que llamaba Butragueño. La señora le lanzaba trozos de pan a Butragueño mientras tomaba otro caldo como el mío y de repente levantó media nalga (la media nalga más cercana a mí) y la tía se tiró un pedo. Comprenderás entonces, tú mejor que nadie, por qué vuelvo al mismo bar.

Prometo llevarte algún día.

A Marina le encanta leer las pequeñas misivas diarias que le envía Celia, las lee furtivamente en el estudio en el que trabaja por las mañanas y le contesta con gifs o vídeos:

Gif de un gato blanco boca arriba que estira y encoge una pata y después la otra como si estuviera saludando.

Vídeo de un señor mayor en un programa de televisión que dice con lágrimas en los ojos: «grasias».

Gif de un mono que aporrea a toda velocidad el teclado de un ordenador.

Vídeo de una niña de unos cuatro años que le dice a su madre: «lo siento, este mundo no es para mí».

Gif del dibujo de una oruga que se desplaza haciendo un corazón con su cuerpo.

También le envía fotos con mensajes cortos cuando sale del trabajo:

Foto de una estantería con ruedas que ha encontrado en la basura. «La llevo a casa y la pongo junto a la entrada, que nos viene fenomenal».

Foto en la que se ve la mesita del sofá con los pies de Marina, unas palomitas, una cerveza y el portátil. En la pantalla se puede leer LOST. «Lo siento, tía, no aguanto más sin ver el siguiente capítulo, póntelo tú esta noche en el hotel».

Foto de su mano sujetando una caja de vitaminas. «Cómprate estas, que tienen ginseng».

Foto del papel higiénico con la caída del papel hacia afuera. «Te echo de menos».

* * *

Escribo en Google: bloquear en X.

Me salta una notificación. *Eres tú. También has visto el post de nuestro amigo de Berlín. Has hecho retuit.*

* * *

Los mensajes y los mails cambian desde que aquella revista publicó las caras de Marina y Celia con sus nombres y apellidos junto a una de sus instalaciones callejeras. Ahora tienen mucho trabajo en su Gabinete. Todavía no son encargos remunerados, pero trabajan para complacer las expectativas que han generado: «¿Cuándo haréis la próxima intervención?», «¿cómo puedo participar?», «me flipa lo que hacéis», «me encantaría trabajar para vosotras», «¿vendréis por Valencia?». También hay algún comentario negativo, precisamente en esa primera entrevista que les hicieron un tal Pacopechote89 escribió: «Menuda mierda eso además no se lo an inventao ellas ya lo e visto mucho en las redes es una moda de comunistas guarras aunq yo les hacía un correctivo a cada una jjjjuas».

Pero lo cierto es que apenas hay Pacopechotes89 y la curva de visitas a su página de Wordpress dibuja un pico muy empinado. Por algún motivo han tocado una tecla que conecta con la gente y esperan que esa tecla se convierta en su medio de vida. Así que están constantemente desarrollando nuevos proyectos, contestando mails, haciendo colaboraciones, buscando convocatorias y becas y, también, saliendo en otras revistas, blogs, periódicos e incluso en la tele. Y por eso sus comunicaciones se vuelven funcionales, rápidas, asépticas, porque su refugio de diversión se ha convertido en trabajo: ¿Cómo vas con el post?, ya he preparado las imágenes, le he dicho que no al de la radio cristiana, ¿has contestado a los del colegio?, nos escribe uno que hace una tesis sobre espacio público, ¿ha llegado ya el rollo de velcro?

Las semanas que Celia no trabaja fuera, las dos se juntan en la mesa del salón y alternan el ordenador con los trabajos manuales. Cuando se sientan a trastear con las piezas de la siguiente intervención, parecen dos señoras mayores haciendo ganchillo en una mesa camilla. Sobre todo Marina, que mueve las manos, entre herramientas y materiales, con mucha más precisión y destreza.

Ponen de fondo el reality de citas al que se han enganchado y le hablan a la pantalla: Tú eres tonto, chaval. O comentan entre ellas: Hoy la Estefi está muy mal, sí, pobre, es que el otro es un cabrón. Y luego le hablan a la Estefi: ¡No te vengas abajo, que tú vales mucho!

Pero cuando tienen que trabajar con el ordenador redactando proyectos, maquetando dosieres o contestando mails importantes, quitan el reality y ponen música. También fuman para estirar las piernas y descansar. Marina lía los cigarros con mucha habilidad, le quedan muy finos y prensados. Da gusto verlos, piensa Celia, a ella siempre le salen con panza. Fuman en la ventana para que la casa no se llene de humo, pero la casa se llena de humo, y después regresan a sus sillas con ruedas porque hay mucho que hacer. Se quedan hasta muy tarde, pero Celia está a gusto, sus laberintos mentales conectan directamente con lo que tiene en la pantalla y todo lo demás le estorba. Su cuerpo, sobre todo, le estorba. Bebe poca agua para no tener que ir a hacer pis y, cuando empieza a sentir la presión del líquido almacenado en su vejiga, cruza las piernas en doble vuelta, como una contorsionista, y así consigue aguantar un poco más. Come lo que sea más fácil, un bocata, un tazón con cereales, algo rápido que le quite la molestia del hambre. Su oruga lo ocupa todo.

Sin embargo, a Marina le cuesta concentrarse, se mete compulsivamente en las redes sociales, en la vida de los otros, en sus sonrisas, en sus éxitos, en sus viajes a Tailandia con sus parejas que hacen surf. A estos les va muy bien porque son unos pijos, dice arrugando un lado de la nariz; ese es un chulo; esa era una trepa, siempre fue una trepa. Celia descruza las piernas porque no puede más, como no vaya al baño se va a mear encima. La oruga descansa dentro de ella y Celia vuelve a ocupar su cuerpo. Desde el baño, escucha a Marina diseccionar a compañeros de la carrera. Ahora también ella deja la puerta abierta, así que oye cómo llama idiota a una chica que a ella no le cae mal.

—Marina, tía, no te pases, que es maja. Acuérdate de que también pensabas que yo era idiota.

—A ver, es que eras idiota, te ha salvado hacerte mi amiga.

Celia se ríe y regresa a la mesa. Marina sigue en el Facebook, ahora en el perfil de una chica que Celia no conoce.

—Es Regina Salmerón.

—¿La que era tan lista de tu cole?

Marina le cuenta que Regina Salmerón trabaja en Google y que gana una pasta. Que cuando ve sus posts piensa que esa podría ser ella, que esa podría ser su vida. Que en el cole eran igual de listas, que recibían los mismos halagos de las profesoras, pero que al final Regina la ha ganado. Celia la escucha mientras lía un par de cigarros, no comprende por qué Marina sigue compitiendo con alguien del colegio, por qué pierde tanto tiempo en la vida de los otros. Es verdad que ellas no trabajan en Google, que la crisis acabó con la carrera que estudiaron, que no ganan mucho... La propia Celia también se imaginó que las cosas serían distintas y todavía sigue teniendo pesadillas con no poder pagar la casa, pero aun así piensa que tienen una buena vida. Le gusta vivir con su amiga, imaginar con su amiga, ver *Lost* con su amiga. Le gusta hablar en plural, el mundo que han creado juntas a salvo de todo lo que pasa afuera. Igual Marina tiene razón y es porque es un poco idiota.

—Seguro que a esa no se le ha muerto su madre —dice Celia, sintiendo cómo sus palabras destapan abruptamente el agujero en el pecho de Marina, pero a la vez sabiendo que es la forma más eficaz de desmontarle el mito de la tal Regina Salmerón. Su dolor es mayor y por eso. Por eso su vida y no otra.

Marina la mira con los ojos empañados. Celia le acaricia la espalda. Marina se enrosca en su brazo. Celia la lleva a la ventana y le da uno de los dos cigarros panzudos. Cuánto te echo de menos, mamá, le dice Marina al aire. Celia le enciende el cigarro y luego se enciende el suyo. Marina suelta el humo. Dice: Joder, qué mierda.

Es de noche. Las ventanas del edificio de enfrente parpadean. Los pocos coches que pasan son mansos como perros viejos. El cartel de las pelucas está encendido, y el de los kebabs, y el del bar que antes era una ferretería. Las luces de la noche saltan de unas a otras dibujando otro perfil distinto al de la ciudad de día.

Marina apoya la cabeza en el hombro de Celia y la oquedad dentro de su pecho desaparece en ese cuerpo compartido. Celia le pasa el brazo por encima, son como el ratón y el plátano. Marina susurra: Prométeme que no me dejarás nunca.

Seis

Mi cabeza se hunde en el agua y sale, se hunde y sale. Matilda está en la clase de natación en la calle de al lado. Cuando llego a su altura la saludo y ella me devuelve un gesto casi imperceptible casi sin mirarme. Está atenta al profesor, que dice: ¡Somos el equipo foca! Y todos los niños juntan las palmas de las manos y las abren y las cierran sin separar las muñecas. Me muero de ternura al verla así, desde fuera, tan blandita todavía, siendo otra que se mueve y escucha, otra separada de mí; y, al mismo tiempo, me muero de pena de ver lo disciplinada que es: pequeña Matilda concentrada en ser la mejor foca posible.

Mi cabeza se hunde y sale. Da igual que seamos cuatro personas en esta calle y otras tantas en las calles de al lado (incluyendo la de los niños focas), de alguna manera, cuando nado estoy sola. Sola pensando, sola viajando con la cabeza que se hunde y sale. Me sumerjo en el pasado y regreso a este momento, buscando el origen para volver al ahora, y viajo a conversaciones tenidas, a otros lugares, viajo a este mismo lugar cuando la piscina estaba aquí, pero era otra. Estaba elevada, en un primer piso, y la cabeza se hunde y sale, y en aquella piscina se veía el teatro de enfrente y el cielo y las personas afuera, chiquitas, como se las ve cuando se las mira desde arriba. Me imagino a mi padre de joven nadando en aquella piscina elevada porque sé que lo hizo, aunque nunca lo vi. La cabeza se hunde y sale, saludo a Matilda, que me lanza una sonrisa leve.

Una vez, mi padre trajo a mi abuela, se hunde y sale, le dijo: Tienes que aprender a nadar, madre. Y ella se compró un bañador negro y se puso un gorro que no apretara porque todo le apretaba a mi abuela, hacía aspavientos con las manos y decía: Es que me ahogo. Todo le quitaba el aire desde la guerra. Dejó la toalla en el banco y se dirigió a la escalera metálica, metió los pies llenos de juanetes y entonces se paró en seco y dijo que no, que no se iba a meter, que tenía miedo de que el agua se le metiera dentro y no pudiera salir, que eso le pasó a un hermano suyo, al más lanzado de todos. Aurelio, en paz descanse, se hunde y no sale. La imagen de mi abuela se persigna tres veces.

Después de mi padre y mi abuela, yo misma también nadé en esa piscina elevada. Me imagino verme salir, hace más de quince años, con el pelo mojado, bordear el teatro y caminar calle abajo *hacia el espacio de coworking que compartía contigo.*

Quizá soy yo, que no dejo que lo nuevo sea sólo lo nuevo, que no puedo evitar escarbar en las capas de tiempo. Quizá otra persona simplemente nada y se rinde al ritmo, la cabeza se hunde y sale, *¿cómo puede ser que siga pensando en nuestra historia tanto tiempo después, si éramos sólo amigas?* La palabra Sólo.

Ahora la piscina está semienterrada y las ventanas altas y son los viandantes los que nos ven la cabeza que se hunde y sale.

Entre la piscina elevada del pasado y la piscina enterrada del presente hubo un gran agujero que duró diez años. Es ese agujero lo que más echo de menos.

* * *

La luz verde del semáforo parpadea. Marina agarra a Celia de la mano y le dice: ¡Corre, si se pone en rojo estamos perdidas. Es el semáforo que hay frente al solar y cada vez que se pone en rojo dura muchísimo. Las amigas bajan la rampa de cemento. Sus cuerpos se dejan caer a la sorpresa porque siempre pasa algo ahí, en ese solar enorme. Uno de los muchos que ha ido sembrando la crisis inmobiliaria bajo la promesa de hacer algo importante, algo mejor para la ciudad, algo hecho por un arquitecto de renombre. Pero el renombre, lo mejor y lo importante acabó en ruina y sólo hubo dinero para demoler lo que había: la piscina del barrio. Y en su lugar, un agujero. Un agujero como el ojo de un volcán. Lo único que no esperaban era que el volcán se activase. No esperaban que, donde antes había agua, ahora prendiera fuego.

Un par de chavales de unos quince años reparten flyers porque dentro de dos sábados van a montar un torneo de lucha libre en el solar. Marina se ríe. ¿Y cómo lo vais a hacer? Pues mira, responde el más bajito, en la zona del básquet juntamos esas gradas de ahí. Y señala una estructura hecha con restos de andamios, palets y ruedas. Un colega que trabaja en el teatro de Móstoles nos ha dado el chivatazo de unas butacas guapísimas que las van a tirar y vamos a ir por ellas para colocarlas en esa zona como haciendo una media luna. ¿Hablaste con Jacobo para lo de la furgo?, interrumpe el otro chaval.

El solar crepita vida, como los sonidos de los bichos en el campo; al fondo, el grupo de la huerta vuelca tierra en los bancales fabricados con restos de madera. El ayuntamiento acaba de abrirles el agua corriente. «Primero nos quitaron el agua y ahora pretenden callarnos con agua», reza un cartel de dos metros de largo. Bajo un contenedor que sobrevuela el agujero de cemento como un dragón metálico están los del grupo de debate del procomún. Marina levanta la mano para saludarlos. Ey, gabinetas, responde el de rizos. Los del grupo de procomún adoran reunirse en ese lugar: Este agujero es un bien público, dicen. Y por supuesto también adoran a Marina y Celia y su proyecto del Gabinete de Acciones Urbanas porque cuando ellas lo cuentan dicen algo así como: Nosotras no construimos nada porque es lo mismo que han hecho siempre los arquitectos estrella: el Koolhaas, la Hadid, los Herzog y de Meuron o el Moneo, que a nosotras nos encantaban, pero es que hacían un centro de interpretación para dos mil personas en un pueblo de doscientos habitantes con presupuestos astronómicos. Y así estamos, ¿no? Nosotras no construimos ni una silla, sólo proponemos. Montamos una instalación que dura un día y entonces sucede una conversación entre la gente y el espacio. El lugar se convierte en un museo por cómo se coloca la peña alrededor de lo que proponemos, pero podría ocurrir otra cosa, una conversación diferente. A lo mejor es eso la arquitectura, sólo diálogo. Como aquí, en este solar. Aquí sólo hay cuerpos conversando con el espacio. Seguramente llevábamos mucho tiempo escuchando monólogos.

Los del procomún dicen algo así como: Vuestro modelo propone compartir conocimiento en el espacio físico. Ellas asienten aunque nunca hubieran usado esas palabras. Celia se queda charlando y deja que la oruga se alimente de todo eso que hablan. Marina dice: Un momento. Y se acerca a donde está N300 pintando con espray unas farolas viejas que han traído de no sé dónde y que van a instalar para tener más luz por la noche. Se dan un abrazo y N300 le indica cuál es el muro en el que las gabinetas pueden intervenir. ¿Qué vais a hacer? Pues pensábamos hacer unos retratos a la gente que viene al solar, colocarlos dentro de esas macetas gigantes y luego imprimir las fotos en blanco y negro a tamaño natural y encolarlas. No sé cómo lo vamos a llamar, si rollo «Aquí nos plantamos» o «Aquí crecemos»... No sé, ¿qué opinas? Mola. ¿Lo habéis hablado en la asamblea? No, ahora vamos a ello.

La asamblea se reúne frente al muro opuesto en el que quieren intervenir, donde hay un grafiti que dice: «Aquí venimos a cambiar el mundo». Un chico con barba modera la reunión. Da turno a Lucía, que habla de soberanía alimentaria. Celia se distrae mirando a su alrededor. Unos chavales han abierto las mesas de pimpón y juegan a una rueda musical, una chica con una gorra acaba de ser eliminada. Te jodes, Jenny, le dice otra. Jenny le saca el dedo, ninguna está enfadada. Unas madres se recuestan en unas hamacas y charlan mientras los niños corretean y se asoman por las tapas de lavadora insertadas en la valla de obra, les dicen hola a los de fuera. Luego Celia se inclina hacia Marina y se tapa la boca para que sólo la oiga ella.

—Es bonito eso de cambiar el mundo.

Su amiga bosteza, levanta una ceja y, apretando la sonrisa, responde:

—Si alguna vez me pierdo, no me busques en una asamblea.

* * *

Matilda me da su mochila y sale corriendo a juntarse con las amigas del cole que también van a su clase de natación. Juegan a bajar por la barandilla de cemento de la placita como si fuera un tobogán. Esta placita es una pequeña concesión nostálgica para aquellos que aún recordamos aquel agujero en el que se inventaba el mundo. La nueva piscina elevada no ocupó el solar entero, se recortó una porción del posible edificio para que no ocupara la parcela entera, como quien retira un trozo de tarta, para dejar algo de aire, un pequeño espacio de posibilidad: la placita. Tiene forma de anfiteatro rectangular, unas escaleras que sirven de gradas como las que se construyeron en el solar, sólo que estas no se mueven, sólo que en estas apenas se sienta gente, sólo que estas no son aquellas. Aquí tampoco hay un huerto urbano, hay unas jardineras con unos setos y riego automático. Ni mesas de pimpón. Ni un dragón sobrevuela nuestras cabezas. Etcétera.

El volcán se apagó con la nueva piscina. Hacía falta la piscina, pero quizá hacía más falta el solar. Un gran vacío, sin vocación de ser nada para inventarlo todo. Quizá en esos agujeros es donde crece la posibilidad de otra cosa. Pero lo que vino después del solar se parece demasiado a lo que había antes. A pesar de la placita.

* * *

—Al final siempre se hace lo que dice el que tenga la barba más larga —dice Marina camino a casa, agarrada del brazo de su amiga.

Celia se queda pensando, regresa con la mente a hace unos minutos, repasa a las personas que han intervenido en la asamblea, su cara de ruego tras proponer lo que fuera; repasa también a las personas que no han hablado y que nunca se atreverán a hablar, y luego la posición del chico de la barba larga, seguro, de pie, con la pelvis hacia afuera. Se pregunta cuántas cosas pasarán delante de ella sin que se dé cuenta. Y se acuerda de pronto de la palabra «jeroglífico». No sólo porque los jeroglíficos se le dieran fatal y le costara muchísimo descifrar lo que había escondido debajo de esos símbolos, sino también porque hasta hace poco decía mal esa palabra. Y entonces Marina. Marina apunta con una linterna directa a eso que a Celia se le escapa, ajusta la imagen borrosa: ¿Por qué dices jerogrífico en lugar de jeroglífico?

Todo esto lo piensa muy rápido y deslavazado, porque intenta correr con la cabeza al lugar en el que está su amiga y, cuando por fin la alcanza, responde:

—Ostras, al final ha habido un buen duelo de barbas. ¿Qué era lo que proponía el de gafas?

—Uf, no sé, yo es que desconecto.

—Lo importante es que lo nuestro sí se hace.

—Bueno, sólo faltaba.

—Oye, ¿te apetece si vemos luego en casa la peli de *Cadena perpetua*?

Marina levanta una ceja.

—Pero ¿esa es la de los maromos en la cárcel?

—Sí, tía. Ya sé que es un poco raro que me guste tanto esa peli, pero yo creo que es porque me gustan las pelis de amistad. Todas tienen un poco un rollo de inventar un nuevo mundo, como la pintada del solar. Yo qué sé, *Thelma y Louise*, *E. T*, *El rey león* con Timón y Pumba... Todas tienen un punto de deslumbramiento, de inventar otro mundo, otra forma de hacer, de relacionarse, pero E. T., al final se va con su familia, que es lo que dictaría el orden del mundo que conocemos: la familia gana a la amistad. Y en *Thelma y Louise* sí gana la amistad y ellas desafían lo que hay, empiezan a cambiar cosas, a poner límites, a inventarse de qué manera quieren ser, pero el mundo no puede soportarlo y se acaban matando. Y luego *El rey león*, tía, ¿tú no te ponías mala con *El rey león*? Porque es que ¿por qué Simba no se queda en ese paraíso de Hakuna Matata con Timón y Pumba?, coño, estaban fenomenal, en una estructura cooperativa horizontal, y va el tío y vuelve a un rollo jerárquico con reyes y siervos.

—Qué desastre, Simba —dice Marina con sorna.

—Pues de todas esas, la que más me gusta cómo termina es *Cadena perpetua*. ¿La has visto?

—Pues claro, unas cuantas veces. Cada cinco minutos ponen esa peli en Telemadrid —contesta Marina.

—¿Y te acuerdas del final?

—Bueno, que se escapa el protagonista, ¿no?

—Sí, Tim Robbins. Pero, escucha, la historia es que en la cárcel se hace superamigo de Morgan Freeman y casi al final de la peli es verdad que Robbins se fuga. Pero ese no es el final y, aunque mola mucho todo ese rollo inverosímil de cómo se escapa, lo que más me gusta es lo que pasa después. Morgan Freeman se queda en la cárcel hasta que le dan la condicional.

—Sí, sí, ya te digo que la he visto.

—Bueno, pero déjame que llegue a donde quiero llegar. La cosa es que cuando sale empieza a trabajar de cajero en un supermercado, pero un día decide ir a ver lo que le ha dejado su colega guardado debajo de un árbol. Porque Tim Robbins le dijo antes de escaparse que le iba a dejar una cosa bajo ese árbol. El caso es que Morgan encuentra el árbol al final de una especie de valla de rocas y hay una caja enterrada con dinero y una carta. Y en la carta dice...

—No me digas que te sabes de memoria lo que dice la carta.

—Bueno, me sé el principio, que es lo que nos interesa. Dice algo así: «Querido Red», porque Morgan se llama Red en la peli y Tim se llama Andy. «Querido Red, si estás leyendo esto es que te han soltado y, ya que has llegado hasta aquí, quizá estarías dispuesto a viajar más lejos. ¿Recuerdas el nombre del pueblo?». Y entonces Morgan recuerda ese lugar en México del que le habló una vez su amigo en la cárcel y lo dice en alto: Zihuatanejo. Y la última escena es ahí, en Zihuatanejo. Y entonces coge un autobús para reencontrarse con su amigo. Se salta la condicional y consigue llegar a la playa. Lo vemos caminando descalzo, con los zapatos colgados de un hombro por los cordones, una maleta ligera, camisa blanca, corbata, el sombrero se le vuela, y entonces Tim Robbins, que está lijando una barquita, gira la cabeza y lo ve aparecer.

Marina apoya la cabeza sobre el hombro de Celia.

—¿Y tú crees que nosotras somos como Tim Robbins y Morgan Freeman y este solar es como Zihuatanejo?

—Sí, más o menos. Yo creo que este lugar es un Zihuatanejo, sí... Zihuatanejo es nuestro gabinete, nuestra casa, el mundo que estamos inventando. —Celia suspira—. Me gusta mucho que la peli termine así, que Zihuatanejo sea posible: el *hakuna matata* en el que no se quedó Simba. Me gusta pensar que Thelma y Louise puedan estar allí también. Y que E. T. y Elliot, ahora que son mayores, también hayan podido reunirse en su Zihuatanejo.

—Bueno, pues venga, la vemos.

—También podemos ir al Lorena a tomar una cerveza.

* * *

Me siento en una de esas gradas de hormigón de la placita junto a las otras madres. Sólo nos quedamos aquí el día que hay piscina, normalmente preferimos ir a otra plaza que tiene árboles y una fuente o al parque de más abajo. Colocamos a nuestro lado las mochilas con la merienda de las niñas, que, de vez en cuando, se acercan como pajaritos a comer unas miguitas y luego vuelven a revolotear por el suelo duro de la placita.

Julia y su madre llegan un poco después. Julia se aproxima al grupo lentamente con el puño apretado y separado del cuerpo como si llevara un grillo en su interior. Matilda corre hacia ella. Siempre están pendientes la una de la otra. Quizá porque nacieron el mismo día: Matilda por la mañana y Julia por la tarde. Y esa pequeña diferencia temporal es suficiente para que mi hija siempre se encargue de recordárselo: las dos somos iguales, pero yo soy un poco mayor que tú. El resto de las niñas rodean también a Julia, que abre su mano regordeta y les enseña una gominola de osito.

—Sólo tengo una, pero ¡ya sé lo que podemos hacer! Podemos hacer como los indios que cuando tenían poca comida se ponían en corro y se pasaban la comida de uno a otro y así todos comían un poquito.

Las madres sonreímos calladas y decidimos no detener lo que está a punto de ocurrir. El rito comienza: Julia se mete la golosina en la boca, la chupa, la saca y se la pasa a Valeria. De la boca de Valeria pasa a la de Paula y a la de Vera, Maya, Sara y Matilda. La golosina cada vez más limpia, translúcida como una vidriera. Los ojos de las niñas clavados en la boca de una, en la mano que saca la gominola, en la mano que la coge, en la siguiente boca. Las madres también atentas, deslumbradas por el acontecimiento, conscientes de que nada de lo que hacemos en el día es tan emocionante como lo que están haciendo las niñas en este momento. La golosina da tres vueltas completas por las siete bocas antes de deshacerse por completo.

Matilda vuelve a mi lado para coger una rodaja de fuet y, con la carne chiclosa entre los dientes, dice: Julia es un poco más pequeña, pero es la mejor. Coge un par de rodajas más y regresa con las amigas. Las madres continuamos con las conversaciones que dejamos a medias. Miro por el rabillo del ojo a Matilda cómo desciende por la barandilla de la placita inhóspita y pienso: Quizá ellas sí. Y mientras mantengo la vista fija en la madre de Valeria, que cuenta lo mucho que le duele la espalda, la oruga excava hasta llegar a mi abuela. Mi abuela con los ojos cansados mira a mi padre y a sus hermanos y piensa: Quizá vosotros sí. Y luego mi padre con mi hermano y conmigo: Quizá vosotros sí. Un quizá que es el deseo de un mundo mejor para el siguiente eslabón de la cadena. Un quizá que se enciende en determinados momentos, por ejemplo al ver a unas niñas que comparten una gominola. Unas niñas que son todavía como un solar, que pueden ser cualquier cosa sin vocación de ser nada. Imagino también el territorio bajo la placita, bajo la piscina enterrada, bajo la que fue la piscina elevada, bajo toda la ciudad... El territorio abre los ojos, siente nuestras pisadas, empuja desde abajo para que crezcan las ruderales por las grietas, como jeroglíficos, pistas escondidas bajo lo que se ve: a lo mejor podría ser de otra manera.

Decimos adiós a las amigas. La placita se vacía. El semáforo parpadea. Agarro a Matilda de la mano y grito: ¡Corre! Si se pone en rojo estamos perdidas.

Siete

—Papá, ¿jugamos a brujas? Tú eras el cocinero chef brujo y yo era tu hija bruja que estaba aprendiendo en tu cocinería de pociones y cocinábamos las ruterales que encontrábamos, mamá, ¿cómo se llama la ruteral que hemos visto hoy?

Cuando recojo a Matilda del cole, jugamos a encontrar las plantas ruderales del camino. Hay algunas pegadas a la acera y otras en mitad del asfalto. Otras crecen entre las juntas de las losetas hidráulicas haciendo una fila ordenada y se esparcen con libertad desbocada en los agujeros y en los rotos. Alguna brota de una fachada de cemento, o en el borde de una alcantarilla. Todas ellas las fotografiamos, buscamos en una aplicación qué plantas son y luego las situamos en un mapa que hemos dibujado juntas en casa. Estoy pensando incorporarlo al registro que estoy haciendo para el trabajo de la crisis climática.

—Ruderal, Mati, no ruteral.

—A mí me gusta más ruteral, yo la llamo ruteral. ¿Y qué planta era, mamá?

Abro de nuevo la aplicación y leo:

—Beleño blanco, *Hyoscyamus albus*. Es una planta herbácea perenne, bienal o anual, de hasta ochenta centímetros de altura. Uff, el beleño puede crecer un montón.

—¿Cuánto, mamá?

La miro de arriba abajo.

—Más o menos hasta tus hombros.

Matilda se pone las manos en los hombros, yo sigo leyendo:

—Es densamente pubescente, con pelos pluricelulares largos, blancos, y pelos cortos glandulosos...

—Sí, mamá, etcétera —acaba de aprender a decir «etcétera» y lo utiliza cada vez que la estamos aburriendo—, pero léele a papá la parte del «Sabías qué».

—¿Sabías que algunas *Solanaceae*, familia a la cual pertenece el beleño blanco, han sido asociadas desde la antigüedad con la brujería y la magia?

—¿Has oído, papá? Nosotros éramos brujos, tú eras el cocinero chef brujo y yo tu hija bruja que aprendía contigo a hacer pociones y teníamos una cafetería, y hoy hacíamos pociones con el beleño blanco, ¿vale?

Matilda coloca todas sus tazas y sus platos en varios cojines, sienta a su padre junto a ella en la alfombra roja, frente al sofá, donde me dice que me siente yo.

—Tú eras una señora zombi que comías personas y lo que más te gustaba eran los niños, pero a mí no me comías porque nos habíamos hecho amigas y todo el mundo te tenía miedo y me preguntaban: oye, niña, ¿no te da miedo ir con una zombi?, pero a mí no me daba miedo porque ellos no sabían que yo también era una bruja y que vivía con el cocinero chef brujo que era mi papá y que juntos hacíamos pociones, y entonces yo te traje a nuestra cafetería y te dije: siéntate aquí, que es donde se sientan los clientes. —Va hacia uno de los cojines, coge una taza y me la entrega—. Señora zombi, le recomiendo que pruebe nuestra infusión de beleño blanco. —Luego cambia el tono y habla bajito, poniéndose una mano en la boca como si fuera un secreto—: Tú no sabías que era una poción de brujas, ¿vale?

Cojo la tacita de porcelana y hago como si me tomara la poción imaginaria.

—Ummmm, riquísima.

Vuelve a la alfombra con su padre y sigue preparando pociones. Yo me quedo en el sofá, mirando la tapicería, el dibujo entrelazado en blanco y negro de pata de gallo. Paso el dedo índice por encima del reposabrazos, lo deslizo por la textura rugosa haciendo un recorrido corto. Arriba y abajo. Mi dedo como un péndulo que va y viene.

Más áspero a la ida que a la vuelta. El blanco y el negro. *Como tú.*

A veces, cuando te sentabas aquí, parecía que tu cuerpo formaba parte de la tapicería. Te hacía fotos como a una camaleona que se hubiera colado en el salón.

En este mismo sofá leí tu mail.

El último mail.

¿Qué hora era?

Recuerdo que entraba luz, que un rayo se apoyaba en el respaldo, que miré por la ventana, que el azul del cielo, que el geranio seco, que dejé de mirar afuera, que mi vestido amarillo sobre el blanco y negro entrelazados.

Recuerdo que entraba luz, pero qué importaba ya el sol.

Me ovillé.

Me metí en la oruga.

Ya lo dijo tu tía María Luisa: Vosotras acabaréis fatal. Qué tontería, pensé entonces, y te dije que tu tía era muy moderna para llevar sombreros raros a su edad, pero no tanto para entender las relaciones de amistad modernas. O al menos la nuestra. A tu tía María Luisa le parecía que nuestra relación era demasiado intensa, sobre todo para tener más de treinta años, que estábamos todo el día pegadas la una a la otra, que además estábamos obsesionadas con nuestro proyecto y que no estábamos dejando espacio para que apareciera una relación de verdad, como la que ella tenía con su Eduardo.

—Está bien vivir todo esto juntas, pero no dejéis que eso sea el objetivo de vuestra vida —te decía.

—Te equivocas —contestaste entonces.

—Veremos —respondió ella.

Matilda vuelve a acercarse hacia mí con otro platito de porcelana.

—Le recomiendo que se tome el té con estas pastitas, señora zombi. Están hechas de niños malos, sobre todo de un niño del cole que me dice que sabe más de pokémons que yo.

Cojo el plato, hago como que tomo algo y lo dejo apoyado en mi regazo.

En este mismo sofá, dormiste por primera vez antes de mudarte.

En este mismo sofá vimos Lost *entera y coincidimos en que el último capítulo era malo, pero prometimos que no lo diríamos jamás.*

En este mismo sofá nos recostábamos un rato cuando llevábamos muchas horas sentadas frente al ordenador con alguna entrega. Una excusa era la newsletter del Lidl. Decías: ¡Ya ha salido la newsletter! Y yo dejaba lo que estuviera haciendo. Nos dejábamos caer, yo con mi pelo de estar por casa y mi forro polar rojo si era invierno y tú con tus mallas negras y tu sudadera negra. Hacía mucho frío en la casa a pesar de los radiadores de calor azul. Nos arrejuntábamos para ver la pantalla de tu móvil y nos quedábamos embelesadas mirando las ofertas: el set de brocas Parkside, el juego de sartenes Ernesto o los leggins térmicos de mujer Esmara. Muchas veces comprábamos alguna cosa, como la manta Meradiso con la que te gustaba taparte o la máquina de coser Silvercrest que nos salió tan buena.

Matilda me da unos golpecitos con un dedo encima del hombro.

—¿Le han gustado las pastitas, señora zombi?

—Sí, mucho, póngame más té, por favor.

Vuelvo a abstraerme con el movimiento rítmico de mi dedo, que ahora hace círculos sobre el tejido de pata de gallo.

Una vez, también follaste en este mismo sofá con aquel gilipollas. Me lo contaste así, en plan: Tía, es que nos dio el calentón y no nos dio tiempo a llegar a la cama. Yo te dije que qué asco porque es que además el tío gilipollas te trataba fatal, pero tú tardaste mucho en darte cuenta. Al final las palabras de tu tía María Luisa brotaron dentro de ti como certezas y te agarraste a esa relación como si fuera, no sé, como si fuera más de verdad que la nuestra.

El gilipollas te destrozó. Llorabas en este mismo sofá después de una discusión con él. Yo te acariciaba la cabeza y una vez más intentaba meterme en tu cuerpo guante para intentar salvarte. Para abrazarte por dentro. Te decía: Vamos a jugar a planear venganzas. Y tú proponías: Rayarle el coche, hacerle una pintada al coche, pincharle las ruedas al coche. El coche significaba mucho para el gilipollas. Nunca hicimos nada, pero nos sentíamos bien con nuestras venganzas imaginarias. Yo contigo estoy mejor que con nadie, me decías después. Pero pasaban los días y llorabas y llorabas y luego dejaste de trabajar. Ya no querías pensar en el proyecto, ni diseñar inventos para hacer funcionar nuestras instalaciones. Decías: Es que yo no tengo buenas ideas. Te acompañé a varios psicólogos y psiquiatras. La depresión te hizo engordar y a mí el estrés me dejó en los huesos. Yo trabajaba por las dos.

Te quedabas tumbada en este mismo sofá mientras yo mantenía el nosotras.

—Me ha dicho el cocinero chef brujo que le gustaría conocerte, pero que le da miedo que seas una señora zombi porque no sabe si al final me terminarás comiendo y yo le he dicho que no, que no me vas a comer, pero no se fía y te ha puesto un toquecito especial en el té. Bébetelo todo —me dice guiñándome un ojo.

Mis novios tampoco te encantaban a ti. La mayoría artistas. Todo afuera podía ser una amenaza para ese nosotras que habíamos construido.

—Si lo metes en el Gabinete yo me salgo —me decías cuando me notabas especialmente embelesada con uno.

«Era muy difícil ser tu novio mientras estabas con ella», me dijeron algunos de ellos después.

Tú siempre estuviste antes que cualquiera de ellos.

—Tengo que decirle, señora zombi, que la poción que le he dado era para que dejara de ser una señora zombi y pudiera ser mi mamá. Así seremos una familia los tres. Te va a encantar mi papá brujo y ser mi mamá, ya lo verás.

Una vez, en este mismo sofá, me estabas maquillando porque decías que yo no me sabía sacar partido, y sonaba esa canción de Juan Rivas: «Tú eres mi fortuna, la vida que deseo, la luz de cada día en mi corazón», joder, qué temazo. Dejaste de pintarme para poder cantar juntas muy alto, llevándonos una mano al pecho: «Eres mi mayor delirio, un mundo maravilloso, mi experiencia divina, mi salvación», y entonces me preguntaste:

—¿Yo te gusto?

Y así de golpe regresaron las palabras de tu tía María Luisa, esta vez dentro de mí: Vosotras acabaréis fatal. Se supone que se termina en pareja o viviendo sola, pero no con una amiga. Una amiga vale como compañera de piso. Es un mientras tanto, pero no una opción de vida.

Sentí el peso de lo que se supone. Nosotras frente al mundo, o ¿era sólo yo?

Ojalá nos hubiéramos gustado.

—No, no me gustas. Te quiero, no sé si te vale eso.

Deseé que te valiera.

No contestaste.

Pero, mira, qué más da el sexo, nosotras claro que éramos una pareja.

Hoy en día nuestro plural me sigue persiguiendo.

Vosotras dos erais como un torbellino, me dijo el otro día mi amigo el de Berlín. Llegabais a cualquier lado fuuuuuuuu y la una y la otra con una energía fuuuuuuuu como si os retroalimentarais, como si fuerais de otro planeta, la risa superalta jajajaja. Como si estuvierais colocadas todo el rato.

El tejido entrelazado.

Éramos dos con una sola sombra.

Pero el mundo está por todas partes.

Y tú, ¿dónde estás ahora?

¿Te acuerdas de nosotras?

Siento unas manos pequeñas sobre la espalda.

—Mamá bruja, ya tenemos todo preparado para el casamiento familiar de brujas y brujo.

También nos hicimos socias. Doble error. Tu tía María Luisa con las manos en la cabeza.

Teníamos nuestro Gabinete de Acciones Urbanas, ese proyecto extrañísimo, pero que, por algún motivo, empezaba a dar dinero. Vuestro hijo, dirían los más torpes. Nuestro hijo, dirías tú.

Trabajábamos demasiado, eso sí. A veces me costaba dormir, me quedaba dándole vueltas a cómo hacerlo más rentable, más seguro, entonces tú me decías: Lo mejor para quitarte el insomnio es que te masturbes, te tocas un poco arriba así dando vueltas y en diez minutos estás lista. Otras veces te ibas tú al sofá agobiada, te tumbabas, me decías: No sé si algún día podré trabajar tanto. Claro que sí, Marina, eres la mejor, te decía yo.

—¿Mamá bruja?

En este mismo sofá leí tu mail. El último mail.

Se acabó el proyecto, se acabó el nosotras.

Se hizo de noche en el sofá.

—¿Pero se puede saber qué te pasa? —La voz de Pablo me devuelve al presente. Paro de frotar el dedo contra la tapicería. Siento cómo me arde—. ¿En qué piensas?, ¿es que no ves que tu hija lleva un buen rato hablándote y no le haces ni caso?

Miro a mi alrededor. Ya no entra luz por la ventana. Pablo y Matilda, frente a mí, en la alfombra. Están de pie dentro de un círculo hecho con todos los utensilios de cocinería. Ambos llevan una corona de papel y una mantita sobre los hombros, como una capa. Me doy cuenta de que yo también tengo otra mantita y otra corona. Bajo la cabeza avergonzada. Estúpida oruga. Estúpido pasado. Estúpido nosotras en el sofá. *Tu agujero me absorbe*. Matilda me mira con los ojos muy abiertos, Pablo tiene el ceño fruncido:

—Parece que no te interesamos, joder.

Ocho

Alargo el brazo por encima de la cabeza de Matilda, que duerme en mi pecho, y apoyo la mano sobre el hombro de Pablo. Le aprieto un poco. Pablo deja de mirar la serie que se había puesto en la tableta. Se gira hacia mí, se quita un auricular. La imagen de la pantalla sigue avanzando sin su atención y la luz que desprende va haciendo aparecer y desaparecer fragmentos de nuestras caras... Pablo me sonríe, me coge la mano y levanta un poco el mentón para preguntarme qué.

—Me han enviado ya los resultados de la mamo y la eco, lo acabo de ver.

—¿Y?

—Bueno, pues parece ser que no es concluyente, que no se ve bien, que tengo el pecho muy denso, tipo D.

Pablo se queda unos segundos en silencio antes de contestar.

—Anda, ven aquí.

Empujo a Matilda con suavidad, ella da una pequeña vuelta de croqueta y consigo liberarme. Le doy un beso en la cabeza, paso a cuatro patas por encima de su pequeño cuerpo y me tumbo junto a Pablo. Apoyo mi cabeza sobre su pecho.

—Así que tus tetas son tipo D —me dice—. Lo supe desde el primer día: D de deliciosas, D de divertidas, D de diferentes, D de divinas.

Nos reímos. Pablo tiene esa forma de ser. Azuza las penas, los pesares y el aburrimiento con la risa y, si no es capaz de reírse, sale corriendo, o canta, o se pone a bailar. Él no se reboza en el malestar como a veces hago yo. Detesta la zozobra, como él dice. *Y por supuesto te detesta a ti y me detesta a mí contigo. No soporta que aparezcas y me lleve el rapto de la nostalgia.* ¿Qué tiene el pasado, mejor que nosotros?, dice. Él también tiene su pasado, sus vidas anteriores, las llama. Igual esa es la diferencia, que para él sólo cuenta la vida que vive en el presente. La nuestra.

—Parece ser que esta vez me tienen que hacer una resonancia con contraste —le digo y, sin querer, la voz me sale un poco temblorosa.

Pablo me acaricia la cabeza y luego baja la mano y la pone en mi pecho.

—D de deslumbrantes, D de deseables, D de despiertas.

Nos volvemos a reír.

* * *

Celia está en la Terminal 2 del aeropuerto, empuja su maleta rosa por los pasillos larguísimos en busca del mostrador 65. Esta semana viaja a la Universidad de A Coruña a vender los libros de arquitectura. Por suerte para su espalda, la editorial ha enviado el paquete de libros por mensajería y no tiene que cargarlos ella, como en otras ocasiones. Cuando por fin llega al mostrador 65 y está a punto de facturar su maleta, le llama Marina: ¿Has hablado con tu madre?

A la madre le había crecido un bulto desmesurado en el cuello y llevaba meses con pruebas en la tiroides. Celia está preocupada por esa neblina pesada que conoció en la infancia, esa preocupación que la deja rígida, cuerpo de cemento y, del mismo modo que entonces, recurre a su oruga. La oruga dibuja de inmediato un lugar seguro, un paisaje con unas vacas, unos patos en un estanque: ¿Puedes verlos? Sí, los veo. Una casita de campo con el tejado de paja, el prado de verdes y rojos, y la preocupación lejos, en una nube del fondo, una nube solitaria y gris, una nube capaz de transformar todo el cuadro en una tormenta oscura, capaz de terminar con los árboles, con las vacas que pastan mansas, con los patos y el estanque, con la casita de campo... «Pero está muy al fondo, tranquila», susurra la oruga. En primer plano sólo colores, primavera, vida, nubes blancas, un cielo azul. Un cuadro luminoso con una nube gris de fondo.

Los médicos concluyeron que tenían que operar el bulto y de paso hacerle una biopsia. La madre de Celia estaba algo inquieta, pero, como siempre, le quitó hierro a la operación cuando se lo contó a su hija por teléfono: Hace poco han operado a María, la vecina, también de la tiroides, y todo fue bien. Y a otra del trabajo, y a la mujer del Julio. Parece ser que es algo relativamente normal entre las mujeres de mi edad. La oruga se agarró a esa frase: «Es algo relativamente normal» y devolvió la preocupación al fondo del paisaje. La operación fue bien, tan bien como la de la vecina María, como la de la compañera del trabajo y como la de la mujer del Julio.

Pero cuando Celia llamó ayer por teléfono a su madre, nada fue relativamente normal. No cogió el teléfono su madre, lo cogió su padre. Estaban en urgencias: «Se le ha hinchado otra vez el cuello a mamá —dijo mientras se separaba un poco para hablar—, se le ha hinchado mucho, la verdad, y también la cara, así que nos hemos venido al hospital».

Celia se quedó paralizada, mirando fijamente la pantalla del ordenador. En su pantalla, igual que en la de Marina, estaban las fotos de la instalación artística que habían hecho por la mañana, un hinchable hecho con bolsas de plástico recogidas por la calle. La instalación lleva por título «La bolsa o la vida». Ha salido muy bien. Estaban contentas editando las imágenes y, a la vez que ajustaban el brillo y el contraste, se decían la una a la otra: Cuánta gente ha venido hoy, ¿verdad? Sí, sí, hoy ha sido muy guay.

Sin embargo, cuando colgó el teléfono el dedo índice no volvió a pulsar el ratón de forma frenética, como suele hacer cuando está concentrada. Su cuerpo quedó rígido frente a la pantalla. ¿Y si?, ¿y si? La nube gris del fondo empezó a crecer oscureciendo el paisaje que la oruga había pintado en su cabeza.

Marina acercó la silla hacia su amiga. Celia, sin dejar de mirar la pantalla, balbuceó: Mi madre, urgencias. Marina bajó la mirada y abrazó su cuerpo fraguado: Mira, en el peor de los casos, aunque fuera cáncer, el cáncer de tiroides tiene una mortalidad bajísima, que lo he mirado, es como de uno entre mil, así que no te preocupes, todo va a ir bien. Celia apartó la mirada de la pantalla por fin y la posó sobre los ojos de su amiga, que continuó hablando: Vamos a dejar esto por hoy, vamos a ir a mi cama, vamos a poner una serie, y te vas a tomar una dormidina, que mañana tienes que viajar. Ya mañana desde el aeropuerto, cuando estés más tranquila, llamas a tu madre, que seguro que no es nada.

La oruga de Celia se agarró a esa frase de Marina: Seguro que no es nada. Y despejó un poco el paisaje, no del todo, pero lo suficiente para dormir, para llegar al aeropuerto, para buscar el mostrador 65, casi como si fuera un día normal, porque ¿por qué iba a pasar algo? Es relativamente normal y seguro que no es nada. Hasta este momento en que la llama su amiga cuando está a punto de facturar y la neblina pesada reaparece dentro de ella.

Se despide: Gracias, Marina. Y cuelga el teléfono. ¿Y si?, ¿y si?, y con los dedos temblorosos marca el teléfono de su madre.

* * *

La madre de una niña de la clase de Matilda, con la que me llevo bastante bien, es ginecóloga y, concretamente, es especialista en patología mamaria. Decido escribirle un whatsapp:

> Alberta! Oye, mira, necesito un favor. Ayer me enviaron el informe de una eco y una mamo y por si le puedes echar un vistazo. Pone que me tengo que hacer una resonancia con contraste y es por entender un poco.

Envíame el informe y te digo.
Muchas veces es por asegurar,
pero no es necesario.

Le envío el informe y al cabo de un minuto veo que me está escribiendo, que para, que vuelve a estar escribiendo y que finalmente me envía un audio: Mira, nena, no te agobies, pero te lo tienes que hacer. Tienes el pecho muy denso y no hay un informe concluyente, básicamente porque no se ve bien. Es verdad que con densidad tipo D hay más riesgo de cáncer de mama, pero también hay más riesgo por un montón de otros motivos y eso no significa nada. Voy a hablar con un colega que trabaja en el mismo hospital al que vas, pero siempre tiene la agenda llena. El doctor Zaragoza se llama, es muy experto en esto. Que te lo haga y te quedas tranquila.

* * *

Marina distingue a su amiga sentada en un banco, junto a su padre y su hermano. Se dirige hacia ellos. Celia la ve, se levanta, le sonríe, le da un leve abrazo y cuando se va a separar Marina no la suelta, no la deja escapar, la aprieta más fuerte, le dice: Yo no quería que te pasara esto a ti también. Celia se queda tiesa como una mantis dentro de los brazos de su amiga, que le dice: Lo siento muchísimo, es horrible. Y cuando por fin se separan para volver a verse las caras, Celia ve que está llorando y se queda perpleja. ¿Por qué llora Marina? No es a ella a la que se le ha muerto su madre, no esta vez. A Celia no le sienta bien. Nota cómo se le aprietan los dientes. Se enfada porque ese es su dolor, es suyo y no de las dos. Se enfada porque su amiga protagoniza ese momento. Se enfada porque ella no sabe protagonizarlo.

Ella aún no ha llorado, está ahí en el tanatorio porque su madre ha muerto y no es capaz de llorar. Observa a su padre y a su hermano y se da cuenta de que sus cuerpos y sus emociones, al contrario de lo que le ocurre a ella, sí están allí. Su padre dice cosas como: No dejéis de pensar que la vida es maravillosa porque lo es, y lo digo yo, que hoy se ha muerto mi mujer. Su hermano se lamenta porque no pudo ir a la UCI a verla una última vez. El padre le pasa el brazo por encima del hombro y el hermano se apoya en el padre. Celia se queda mirando fijamente la figura que ha dibujado el llanto de su hermano sobre la chaqueta de su padre. Tiene forma de Australia, piensa. El dolor de mi hermano es tan grande como Australia, piensa. Y después, también piensa que a pesar de lo que le sucedió en la infancia, a pesar de aquella depresión que lo tuvo secuestrado durante cuatro años, ahora es capaz de mirar al precipicio sin caer dentro, puede articular su pérdida, ponerle palabras, gestos y lágrimas con forma de Australia.

Marina se aproxima hacia el padre y el hermano para darles el pésame. El padre se levanta. No, no, no te levantes, le dice Marina, y se sienta junto a ellos, en medio de ellos. Les habla y sabe exactamente qué decir. El padre y el hermano mueven la cabeza al compás de la boca de Marina. Celia está aún de pie, los mira a unos pasos de distancia. Ahora los ve reírse ligeramente, Marina ha conseguido hasta eso, una risa. Celia prefiere volver a centrarse en recibir a la gente, dejarse envolver por el estado meditativo de la repetición: primero el pésame, después un contacto físico, dos besos, un apretón de manos, un abrazo, cabeza gacha y luego cuenta una y otra vez lo mismo, activa el casete con las palabras que tiene guardadas dentro: cáncer de tiroides anaplásico, ha sido muy rápido, los pulmones encharcados, los resultados no llegaron a tiempo, dicen que no sufrió. Su boca se mueve automáticamente y entonces abandona, desconecta, los otros escuchan lo que dice, pero ella está en otro lugar, la oruga la regresa de nuevo al aeropuerto. Se ve a sí misma con la cara desencajada frente al mostrador 65, a punto de facturar su equipaje y sólo piensa que menos mal que no lo hizo. Marcó el teléfono de su madre y, de nuevo, fue su padre el que lo cogió. El padre no estaba en casa, seguía en el hospital y hablaba tratando de sonar calmado, aunque dijo cosas como «UCI», como «fallo en el corazón». Quería que su hija no se preocupara, el silencio antes que el grito, mantener las formas. O puede que simplemente intentara no hacer realidad la pesadilla, como si por no nombrar al monstruo pudiera hacerlo desaparecer. Quería que Celia fuera a trabajar como cualquier día, que cogiera ese vuelo como parte del conjuro, así que no le dijo: Quédate. No le dijo: Ven ahora mismo al hospital. Seguramente creyó que habría más tiempo, que no se moriría esa misma noche, pero casi al colgar, con un hilo de voz, se le escapó: «Sólo nos queda rezar».

—Y por lo demás, ¿qué tal? —le dice alguien que tiene enfrente tras terminar toda la explicación.

Celia vuelve de golpe, la oruga la suelta. No es una pregunta para la que tenga una respuesta automática, de hecho piensa que quizá no ha escuchado muy bien. ¿Quién es esta persona? Levanta ligeramente la cabeza. La mira, ahora de verdad, asimilando al fin toda la corporeidad del momento. El espacio: el tanatorio; el tiempo: la muerte de su madre; esa persona con su cuerpo y sus palabras delante de ella: es un vecino de sus padres, se conocen de toda la vida. Siente también a su amiga Marina a su lado, no sabe desde cuándo está ahí, junto a ella.

—¿Cómo? —pregunta Celia.

—Que por lo demás, ¿qué tal? —insiste el vecino—. Me refiero al trabajo, a novios, no sé.

Marina le dedica su cara de asco más exagerada, con la nariz arrugada y levantando una ceja, y agarra a su amiga.

—Acompáñame un momento a una cosa —dice y la lleva al exterior.

El sol les golpea en la cara a pesar de ser diciembre, Celia se lleva una mano a los ojos, Marina la agarra del brazo, como un guía a un ciego, y se sientan en un banco de piedra.

—Qué rápido se mueven las nubes —dice Celia—. Parece una película a cámara rápida. Pero no es una película, ¿verdad?

Marina aprieta con la mano el muslo de su amiga bajo el abrigo negro.

—Hoy pareces yo —le dice sonriendo.

Celia la mira y luego se mira a sí misma, con su abrigo negro sobre su jersey negro y su pantalón negro. Y luego se levanta un poco la pernera derecha y le enseña unos calcetines rosas con purpurina.

—No tengo calcetines negros. —Marina se ríe, Celia también, pero casi inmediatamente la risa se convierte en llanto—. No he conseguido vestirme toda de negro. —Marina la agarra para abrazarla, pero Celia no la deja, se limpia las lágrimas rápidamente—. Me cuesta mucho llorar —confiesa muy bajito—. Yo no soy como tú, tú sabes llorar, sabes desahogarte y luego seguir como si nada, seguir mejor, y yo creo que si empiezo a lo mejor ya no sé cómo parar. Tengo miedo de que me pase lo que le sucedió a mi hermano. A quedarme triste dentro de un cuerpo desinflado.

Se quedan unos segundos en silencio. Marina se toca la ceja derecha y luego abre el bolso y saca el tabaco. Sus dedos parecen bailarinas sobre el papel de fumar.

—¿Te acuerdas de un día que nos enseñamos las cicatrices que tenemos y que yo te dije que la de la ceja es mi favorita? —Se enciende el cigarro—. Me la hice en un triciclo. Parece ser que una rueda se quedó enganchada en un baldosín roto y salí disparada. Mi madre me cogió del suelo. Vaya cara que puso, imagínate que tu hija de dos años está totalmente cubierta de sangre. Yo al principio no lloré, pero al ver su cara me puse a llorar como una loca. —Le sale una risa pequeña al recordarlo, aunque no está segura de que sea un recuerdo real o una recreación de lo que su madre le contó tantas veces, y después le da una calada al cigarro—. ¿Cuál es tu cicatriz favorita?

Celia se queda un rato pensando y luego pone las dos manos bocarriba. Le enseña una pequeña marca en el pulgar izquierdo y otra en el índice de la mano derecha.

—Estas, de cuando me quedé pegada a una lámpara. Recuerdo el golpe de la electricidad atravesándome. Por este dedo entró —levanta el pulgar— y por este salió —levanta el índice—. Tenía unos siete años y tuve bastante suerte de no palmar allí mismo. ¡Me he electrocutado sin morirme!, decía. Se me pusieron las dos manos negras y me salieron ampollas en los dedos, pero ya sólo me quedan estas dos marcas pequeñas. Recuerdo a mi madre intentando contener los nervios. No sé dónde había escuchado que tocar madera era bueno y sacó un cajón de la cómoda y me dijo que pusiera las manos encima.

—¿Te has dado cuenta de que en nuestras cicatrices favoritas están nuestras madres? —Y luego cambia el gesto, deja de sonreír y le coge el pulgar, el pulgar por el que le entró la electricidad—. Mira, que se te muera una madre es una herida del copón y cada una lo lleva como puede, yo lloro mucho y tú no te preocupes, que ya encontrarás tus momentos para llorar. Y luego pasa el tiempo y la herida no duele tanto, pero es como una cicatriz que se queda para siempre. Lo peor es que es una cicatriz invisible y yo creo que tendría que verse bien, que tendría que notarse porque que se muera una madre es mucho más que salir disparada de un triciclo o electrocutarse sin morirse. Me gustaría tener una cicatriz bien visible para poder mirarla y tocarla cada vez que quisiera. Así que yo me toco la cicatriz de la ceja y me acuerdo de mi madre. Le pongo un lugar en mi piel. —Baja la cabeza y sacude la ceniza al pitillo—. Es una tontería, nunca se lo he contado a nadie, pero a mí me ayuda.

Celia mira fijamente a Marina mientras la escucha y piensa que está más guapa que nunca, que lo que dice no es ninguna tontería y que, al revés, seguramente es lo más inteligente y sensible que va a escuchar sobre el duelo. Piensa que menos mal que su amiga sabe colocar palabras en su neblina y, a la vez, también piensa que cómo es posible, siendo tan brillante, que se haga pequeña con los trabajos, con las opiniones de los demás, con las expectativas imposibles.

Ojalá ella pudiera verse como la veo yo ahora mismo, piensa.

Marina le da una última calada al cigarro y se lo pasa a Celia. Tienen los dedos rojos del frío. Celia se lleva el cigarro a la boca.

—Deberíamos dejar de fumar —dice mientras echa el humo.

—Pero si tu madre no ha muerto de cáncer de pulmón y la mía tampoco —responde Marina con una media sonrisa.

—Ya, no es por nuestras madres, es por nosotras. Me gustaría que viviéramos muchos años. —Y le devuelve el cigarro a su amiga.

Marina lo coge e, inmediatamente, chasquea el índice contra el pulgar y el cigarro, que está a medias, sale propulsado con fuerza, como una pequeña bengala que se estampa contra el suelo un par de metros más allá. Después vuelve a poner una mano sobre el muslo de su amiga, lo aprieta levemente. Celia acerca sus dedos enrojecidos por el frío y los entrelaza con los de Marina.

Nueve

—Pues lo que ha pasado es que yo me he pedido ser la reina y Valentina me ha dicho que es que la reina quería ser ella y yo le he dicho: Oye, Valentina, si quieres puedes ser reina pero de otro reino porque es que este reino me lo he inventado yo y no es justo. Y entonces ella ha cruzado los brazos y me ha puesto cara de chulita...

—Mati, ¿qué te apetece?

—Me has interrumpido, mamá.

—Sí, perdona, ahora cuando nos sentemos me lo sigues contando, pero es que ya nos va a tocar. Dime qué quieres. Lo que sea menos los dónuts esos rosas con nubecitas.

—El cruasán de choco.

—¿No lo prefieres sin choco?

—Con choco.

Matilda elige una mesa mientras yo pago. Nunca la he traído a esta cafetería, en la última planta de El Corte Inglés de Preciados. Está muy diferente de la última vez que vine. Trato de hacer memoria, de enfocar el recuerdo. Las mesas eran redondas con manteles rosas que caían largos y pesados, haciendo ondulaciones como olas de tela. Encima había otro mantel más pequeño blanco y cuadrado, y servilletas también de tela. Me cuesta ubicar esa imagen del pasado en este espacio. Ahora es una gran sala diáfana llena de turistas que hacen fotos en lugar de familias tomando tortitas. Ya no hay una cafetería, sino stands de diferentes restaurantes, y la sala está salpicada por agrupaciones de mesas altas y sillas altas. Se ha convertido en una gran cadena de montaje: se come, se mira, se deja el sitio para el siguiente. Enseguida una deja de ser una misma para cumplir las órdenes del engranaje: haces la cola, pagas, esperas a que te preparen lo que has pedido en una bandeja. ¿Tienen azúcar?, preguntas torpemente, y la camarera responde sin hablar, te señala unos muebles repartidos por la sala que sirven como dispensadores de azúcar, de sal, de palos de madera para remover el café, de servilletas de papel. Luego giras la cabeza para elegir la mesa, una con buenas vistas donde se pueda justificar el hecho de haber ido a este lugar y no a la cafetería de siempre.

Matilda ya se ha sentado en una. ¡Mati!, grito desde la cola, y el grito me devuelve a mi cuerpo, me devuelve a ella que me mira, y yo le señalo otra mesa que se está quedando libre. Mi hija coge la mochila y corre hacia el lugar al que apunto con el dedo. Una mesa alta con vistas a la Gran Vía. A mi madre le gustaba más sentarse mirando hacia el Palacio Real. Solía venir con sus compañeras de oficina y alguna vez, cuando yo salía de la clase de proyectos, tenía un mensaje suyo en el móvil: «Te invito a tomar chocolate con churros». Ella siempre llegaba antes y elegía la mesa. Recuerdo sus manos desenvolviendo las servilletas de tela. Mamá, desde aquí no se ve tan bien el Palacio Real, lo que más se ve es el Teatro Real, que no sólo no es bonito, sino que en planta tiene forma de féretro.

Antes de que Matilda pueda llegar a la mesa en cuestión, se le adelantan tres chicas. Buscamos otra un poco más retirada del ventanal pero que abre hacia las dos vistas, hacia la mía y hacia la de mi madre. Matilda se abalanza sobre su cruasán de choco. Yo me echo el azúcar en el café. Miro a mi alrededor. No me imaginaba a mí misma trayendo a mi hija a la cafetería de un centro comercial un miércoles a la salida del cole porque no me ha dado tiempo a prepararle la merienda, y no sólo eso, además revestir el acto de magia: Ya verás qué sitio, Mati, te va a encantar. Como si quisiera recuperar parte de un rito valiosísimo que se ha perdido.

Seguramente, ha sido por estar pensando estos

días en la muerte de mi madre. Coger fotos del álbum, enseñárselas a Matilda.

—¿Y dónde está ahora Chelo?

—Pues en el cementerio, Mati.

—¿Y por qué no la traemos a casa? Seguro que nosotras la cuidamos mucho mejor que los del cementerio.

Supongo que una hace este tipo de cosas cuando pretende tejer un vínculo entre dos realidades que no se tocan y que no se van a tocar nunca. Cuando una desearía hacerle trampas a esa costumbre que tiene la vida de dibujar una línea con un principio y un final. Una agarraría la línea con las manos y la retorcería para convertirla en círculo, en rizoma. Una haría así la magia: cruzar lo que sucedió con lo que sucede. Quiere una, o sea yo, yo quiero traer a mi madre del cementerio y quiero que se tome un cruasán aquí con nosotras. Quiero que Matilda se encuentre con su abuela y la llame abuela. Supongo que si eso fuera posible tranquilizaría mi preocupación por no saber qué pasa con mis tetas tipo D, porque si hubiera algo malo, algo oculto en esa D, si algo le pasara a una —a una y no a mí, no me atrevo ahora a colocarme a mí en el punto de tiro de esa posibilidad del fin de la línea—, entonces Matilda y yo podríamos seguir encontrándonos en la cafetería de este centro comercial, donde me imagino que algunos fantasmas meriendan con buenas vistas de la ciudad.

Pero, en lugar de encontrarme con mi madre, *es a ti a quien veo.*

Bueno, en realidad no sé si eres tú. Estás de espaldas, a unos diez metros, sentada con una chica vestida con tonos pastel. Cómo odio los tonos pastel, esos colores pasados por agua sin la autoestima suficiente como para ser ellos mismos. Tú llevas el mismo corte de pelo de siempre, tu casco negro hasta la nuca. Podrías ser tú.

Antes te veía mucho más a menudo, eras otras por un instante, lo justo para que me tartamudeara el cuerpo, para cruzarme de acera, lo justo para pensar en qué decirte: Todo bien, todo fenomenal. El falso encuentro me dejaba alterada y, después de comprobar que no eras tú, seguía imaginando una conversación contigo que a veces terminaba en un intercambio de reproches; otras ingeniaba alguna frase lapidaria, cruel pero divertida porque la crueldad lo es más cuando viene envuelta en otra emoción inofensiva como la alegría, la broma o la ternura; y otras veces, sin embargo, terminaba en abrazo. Me pregunto si tú también me ves a mí en otras mujeres, si imaginas desenlaces de posibles encuentros. Me pregunto cómo dibujas tú las líneas de nuestras manos juntas. Si ves otra cosa totalmente distinta a lo que yo veo.

* * *

Celia se ducha mientras Marina está sentada en el váter, a su lado.

—No te enjabones tanto que luego se te queda la piel muy seca.

Celia coge la alcachofa de la ducha y se retira el jabón del cuerpo. Deja que el agua caliente le caiga por la cara. Entrecierra los ojos y se queda mirando las vetas del mármol.

—Yo aquí siempre veo a un bebé comiéndose una colonia de hormigas.

—¿Dónde?

—Aquí.

Marina abre la mampara y se asoma para ver el lugar exacto en el azulejo. Se moja un poco.

—¿En serio? Yo veo a Marx.

—Imposible.

—Que sí, mira.

Celia sigue con atención el dedo de Marina, que contornea la barba de Marx.

—Eso no es barba, ¡son las hormigas! ¿Y aquí? ¿Aquí qué ves?

—Una señora sin cabeza con las tetas caídas.

—Menos mal, yo también.

* * *

Matilda devora con destreza y sin compasión su cruasán de chocolate como un león a un antílope. *Yo vuelvo a mirarte de refilón. Una vez vinimos aquí juntas. Me trajiste tú. No nos conocíamos desde hacía tanto, pero ya nos habíamos escogido. Todavía estábamos en aquel coworking en el que me dijiste: Tú una vez me preguntaste en la cafetería de la uni que por qué siempre voy vestida de blanco y negro, ¿verdad?*

Una noche que nos quedamos hasta tarde trabajando, te conté que mi madre no me hablaba porque me había ido a vivir a un piso compartido después de regresar de Tenerife. Que ella decía que para qué me iba a ir a vivir con cuatro desconocidos pudiendo vivir con sus padres, que qué tontería era esa. Y entonces me castigó con su silencio, un silencio un poco de mentira porque cuando me llamaba mi padre al móvil se la escuchaba a ella de fondo: pregúntale que si ya está mejor del catarro, dile que tome leche caliente, que no vaya descalza, que se tape bien el ombligo, pregúntale que si pasa frío en esa casa, que si necesita una estufa, es que vaya tontería, pudiendo estar aquí con nosotros.

* * *

Tenía ganas de venir, no he estado nunca, dice Marina cuando pulsa el botón del séptimo piso. ¿Y cómo es que se te ha ocurrido que vengamos? Pues porque me han dicho que están muy buenas las tortitas aquí. ¿Las tortitas? Pues son como las del Vips y te ponen menos, pero las vistas son mucho mejores.

La puerta del ascensor se abre. Celia agarra a su amiga por el brazo y la dirige por el centro comercial. Pasan por la zona de deporte, por Correos, por la venta de viajes El Corte Inglés: «Escapadas en pareja al paraíso». La cafetería está al fondo y entra toda la luz natural que no entra en el laberinto del consumo. Un camarero con uniforme rojo les sonríe a la entrada. Celia busca con la mirada una mesa con vistas a la Gran Vía y de pronto ve a su madre sentada en la mesa de siempre, asomada al féretro del Teatro Real.

—Está mi madre, Marina, qué casualidad.

Y Marina levanta la ceja y sonríe con sonrisa de lista, de saber mucho más que su amiga en ese momento, sonrisa de plan que sale bien, porque no, no es ninguna casualidad.

* * *

Eras más lista que yo. Podías planear cualquier cosa sin que yo me diera cuenta y planeaste ese encuentro con mi madre para disolver el conflicto.

Eras familia
Pareja
Amiga
Mejor amiga
como dicen las niñas
Como corren las niñas cuando juegan al pilla pilla
Casa

Casa de pelusas
Vida
Movimiento
Eras
Piel de oliva cubierta en blanco y negro
Manos de herramientas
Mi cable a tierra

Me dabas tu lado bueno y paseábamos engarzadas. Tu otro costado se doblaba cuando pasaba un perro y yo me plegaba sobre ti. El perro te lamía la mano y después recuperabas la vertical, enderezabas la postura y yo contigo, y el paseo seguía como si nada.

Un baile que las dos conocíamos.

Éramos.

Éramos dos niñas jugando a que se podía cambiar el mundo.

Zihuatanejo.

Nosotras.

A partir un piñón, culo y camisa, uña y carne, medias naranjas, la horma del zapato, la una para la otra. Todos los clichés y, a la vez, la certeza absoluta de que nadie más era nosotras. Inventar la lengua de las gabinetas para luego deshacerla en gestos, descomponerla en miradas, desintegrarla en silencios.

El tiempo se aplastaba y se movía a otra velocidad cuando estábamos juntas y por eso decíamos mañana en lugar de hoy, o hace unos días en lugar de ayer. Un presente continuo. Un presente futuro.

Pero al final todo quedó en pasado.

Eras más lista y podías engañarme las veces que quisieras porque yo no iba a darme cuenta. Yo no iba a anticipar lo que tú planearas.

* * *

Matilda coloca un dibujo delante de mi mirada perdida. Enfoco con cierto malestar por sacarme tan de golpe de mi ensimismamiento. En el dibujo hay un gatito con la cara alargada en horizontal y la boca abierta. A la boca le ha hecho un agujero y mi hija le introduce unos papeles pequeños en esa boca agujereada y llena de trasquilones.

—Atención, voy a darle de comer, puede gustarle al gatito o no gustarle. Ahora lo veremos.

Cae el papelito por la parte baja de su cuerpo. Me doy cuenta entonces de que el gato tiene doble piel, como una especie de sobre con la parte abierta por abajo. Recojo el papelito pequeño. Es una manzana muy esquemática con un par de mordiscos.

Ella agarra el papelito y dice:

—Bien, le ha gustado. Si no le hubiera gustado no la hubiera mordido.

Le da la vuelta al papelito y me enseña el dibujo de la manzana entera. Matilda se me queda mirando, buscando mi aprobación.

* * *

Si fueras tú la que contara nuestra historia, seguramente contarías esa parte de mí. Hablarías de la mueca distante con la que a veces se hace caparazón la oruga cuando estoy muy enredada con alguna cosa. Caparazón de jueza atareada, abstraída entre papeles, a la que le llega un caso más. Uno entre tantos. Al otro lado del estrado, una niña le enseña un gato de papel que come fruta. La jueza se levanta las gafas y se las coloca sobre la cabeza. No mira a la niña, mira sólo la obra que sujeta. La comprende rápidamente, es una genialidad, pero esas orejas le han quedado desiguales y la boca hay que recortarla mejor para que el gatito no parezca una calabaza de Halloween. La jueza dicta sentencia, da un golpe con el mazo. ¡Siguiente! La siguiente persona que entra en la sala es su mejor amiga, pero eso no importa, aquí venimos a dirimir qué está bien y qué mal. La mejor amiga enseña unas imágenes del proyecto que tienen juntas. Las está maquetando para un concurso. La jueza, de nuevo, no la mira a ella, se detiene en lo que su amiga le enseña. Le gusta el fotomontaje que ha hecho, los colores que ha utilizado, la composición..., pero las imágenes que cierran el cuadro por abajo no están colocadas a la misma distancia, casi no se nota, pero ella se ha dado cuenta. Se acuerda de pronto cuando los profesores de proyectos, en la carrera, señalaban sobre un plano de una casa que había dibujado una alumna hasta las cuatro de la mañana un tabique que no seguía la línea que habían marcado los demás tabiques. Por poco, pero no la seguía. Ponían el dedo en el fallo y la alumna replicaba: Pero eso, ¿por qué es importante? Si en la vida real nadie se daría cuenta de que el tabique está desplazado cinco centímetros con respecto a otro que está en otra habitación. Y entonces el profesor repetía esas palabras tan famosas de Óscar Tusquets: Dios lo ve. El profesor, encantado de sí mismo con su pedantería y su superioridad, en ese momento era Dios. Igual que la jueza cuando se da cuenta de que las imágenes de su amiga no están colocadas a la misma distancia. Se siente ella como la Diosa que todo lo ve. Dicta sentencia.

Marina se queda en silencio. Vuelve a reordenar las imágenes en la pantalla. Efectivamente no estaban a la misma distancia. Pero lo que le dice es:

—Eres una gilipollas.

Celia se queda estupefacta, deja la lámina que está maquetando y gira la cabeza con las cejas levantadas. Mira a su amiga. Esta vez sí.

—¿Pero qué pasa?

—Eres una bruta, Celia, joder, te enseño la lámina esta que llevo cinco horas con ella y encima me he currado un fotomontaje, del que, por cierto, no me has dicho nada, y vas tú y lo único que me dices es esa gilipollez de las imágenes que no le importa a nadie.

Celia vuelve a detenerse en la lámina de Marina. Siente cómo se le apelotonan todos los órganos del cuerpo en un punto. Se da cuenta en ese momento de lo gilipollas que ha sido. Estúpida oruga.

—Lo siento, tía, tienes razón, soy una idiota. No sé por qué me pasa esto.

Le da vergüenza pensar que desde fuera pueda parecerse a los profesores soberbios que detestaba. En su caso no es que quiera quedar por encima de nadie, es que se desconecta del entorno, su cabeza, a veces, se centra únicamente en el fin hacia el que se dirige y borra todo lo que está alrededor, borra su cuerpo, su hambre, borra la hora, borra el espacio, borra a las personas, incluso a su amiga.

—Es como que me pongo las orejeras de burro y me concentro en lo que falta. Y voy, voy y voy —lo dice mientras agita una mano recta—. Mi cabeza hace check en lo que está bien y se detiene en el fallo porque es a lo que le falta el check. Así funciono, como un rodillo que aplasta y sigue hacia adelante. Qué desastre. —Vuelve a mirar la lámina de Marina—. Está fenomenal, el fotomontaje es la leche. Toda la lámina es la leche.

Tú eres la leche. —Esto último lo dice con cierta teatralidad.

Celia rueda su silla hacia la de Marina, le pone carita de perrito bueno.

—Eres una penca —le contesta pero con voz tierna.

—Perdóname, anda.

—Es que eres como tu madre.

Celia la mira con atención. No le gusta cuando la comparan con su madre.

—¿No te has dado cuenta de cómo buscas la aprobación en tu madre y cómo ella te contesta ajá?

—No me digas.

—Espero que no se lo hagas a tu hija.

Celia abraza a Marina, le da un beso en la cabeza.

—Ojalá mi madre tuviera una amiga como tú.

* * *

Matilda tira el dibujo al suelo, se levanta de la silla y se pone de espaldas a mí.

—Perdona, Mati —me agacho y recojo el gato—, es una maravilla, de verdad, no sé por qué te he dicho esa tontería de las orejas. A veces digo tonterías.

—Pídele perdón a ella también.

—¿A ella?

Por un momento creo que se refiere a ti, pero luego se da la vuelta y señala el dibujo del gato, que resulta que es una gata.

—Se llama Rosita.

Cojo a Rosita y la llevo contra mi pecho, hago como que la acaricio.

—Perdóname, Rosita, no hay nadie más mona que tú, te lo prometo.

Matilda se vuelve a sentar. Acerco mi silla hacia ella. Tiene la cara manchada del chocolate del cruasán de chocolate. Cojo una servilleta y vuelco un poco de agua para limpiarla mientras ella se echa hacia atrás intentando escabullirse. Después le doy un abrazo y ella me lo devuelve. Aprovecha para tocarme una teta.

—Mati, suéltame la teta, anda.

Ella se ríe.

Le susurro:

—Oye, no me has terminado de contar qué ha pasado con Valentina.

Matilda se separa un poco de mí.

—Pues mira, mamá, lo que ha pasado es que Julia le ha dicho: Oye ¿y por qué no eres la reina de Gatolandia? Y yo pienso que qué morro, que al final va a ser Valentina la reina de los gatos, que no es por nada pero no hay nada mejor y a mí se me daría mucho mejor cuidarlos que a ella y va Valentina y le dice que es que no le gustan los gatos y yo he ido corriendo por si se lo pedía otra y he levantado la mano y he dicho: ¡Te regalo mi reino y yo me pido ser la reina de Gatolandia! Y al final he sido reina de Gatolandia. Además en el comedor hoy había arroz a la cubana y me he comido doble de salchichas. Ha sido el mejor día de mi vida.

* * *

Marina y Celia entran en el plató en el que se rueda el reality de citas al que están enganchadas. Siguen a una mujer que lleva una carpeta en la mano y un walkie talkie en la cintura ¿Es vuestra primera vez?, les pregunta. Sí sí. Pues primero va a entrar Ramón, que es el regidor, y os va a explicar el funcionamiento, cuándo empieza, cuándo es el descanso, los aplausos, etcétera. Sabéis que se graban dos episodios hoy, ¿no? ¿Dos? Ah, yo ni idea, ¿tú lo sabías, Marina? Después del regidor va a entrar un cómico que hace unos chistes y tal, para que el público se suelte y esté lo más natural posible. Las bocas de Celia y Marina se abren como un globo. Una voz que parece salir de una tormenta interrumpe la conversación. Es el walkie talkie. Maribel, hola, Maribel, ¿me escuchas? Maribel, coge el aparato. Sí, aquí estoy. Maribel nos indica dónde sentarnos: En esos dos asientos de la tercera fila. Y se va.

—Pero, tía, si esto es pequeñísimo. ¿Tú te lo imaginabas así?

El plató parece una de las maquetas de cartón pluma que hacían en la carrera. Casi les da miedo sentarse por si la maqueta se viene abajo.

—Sólo hay tres filas de público, ¿te has dado cuenta? Yo pensaba que había mucha más gente... ¿Cómo montan el plano para que no se vea lo pequeño que es esto? Me voy a fijar a partir de ahora.

Al fondo, detrás del escenario que también parece recortado con tijeras, Maribel le entrega unos papeles a la presentadora, que es mucho más guapa en persona que en la tele.

Celia se ha puesto un vestido con el que parece un avestruz azul, es su favorito. Agarra la corbata negra con gatitos blancos que Marina se ha puesto sobre la camisa de blanca de lunares negros y le dice: Jo, muchas gracias.

Hace tan sólo unos días que fue el cumpleaños de Celia. El primer cumpleaños desde que murió su madre.

—¿No prefieres que nos sentemos en esa otra mesa? —dijo Marina, cuando su amiga eligió la mesa con las vistas al Teatro Real.

Celia la había llevado a la cafetería de El Corte Inglés con la excusa de que en lugar de tarta prefería unas tortitas. Marina no preguntó, pero sabía, claro, que desde esa cafetería quería invocar a su madre muerta unos meses antes. Marina abrió su bolso cuadrado, sacó un sobre y lo deslizó sobre la mesa con mantel rosa.

—Feliz cumpleaños, Celia.

—Joder, Marina, pareces mi tía Maricarmen, tía, dándome dinero en un sobre por Navidad.

—Anda, ábrelo, imbécil.

«Vale para ir al plató del reality de citas para ir el miércoles que viene a ver a la Estefi con tu mejor amiga».

Ramón el regidor termina de dar las indicaciones. Gracias a él han conseguido estar hoy aquí. Un primo de Marina fue al colegio con él y todavía quedan a jugar al fútbol los sábados. Cuando Marina se enteró le pidió el favor.

Ramón se mete detrás de una cámara y aparece Maribel. Entrega a cada espectador una bolsa con un bocadillo de chorizo, una botella de 33 cl de agua y una foto firmada de la presentadora. Pero no se puede comer ni beber hasta el descanso, ¿vale? La presentadora sale también de detrás del escenario de algodón de azúcar y una chica más joven la persigue con una brocha para extenderle bien el colorete. La presentadora se acerca al público subida a unas botas de tacón de aguja. Dice: Hola, hola, ¿qué tal estáis? Se para donde están Marina y Celia y Celia le dice: Eres guapísima. Muchas gracias, contesta la presentadora, y baja por las escaleras un poco de lado y dejándose ayudar por la chica del maquillaje.

—Pero, tía, ¿por qué le has dicho eso?

—Yo qué sé, estoy emocionada, no lo he pensado.

El programa empieza en 3, 2. Cartel de aplausos. Aplausos. Música del reality. Sale la presentadora. Sale Estefi. Aplausos más fuertes. Salen sus pretendientes. Se sientan en las sillas. Señal para dejar de aplaudir.

Celia mira embelesada el guiñol de enfados y malentendidos que se interpreta en el plató. Sólo falta que alguno le dé un porrazo a otro. Mira hacia arriba por si hay unas manos enormes que mueven los hilos de los pretendientes y la pretendida, pero sólo hay vigas de las que cuelgan cientos de focos y mucho vacío. Casi todo es vacío alrededor de esa sala para ligar que ven en la pantalla del ordenador. Celia se da cuenta de que le duelen los pómulos de tanto sonreír. Hace mucho que no le duelen así. Estefi de pronto se indigna con un pretendiente que le insiste en algo que a ella no le gusta. Dice: Te estás empezonando. Marina y Celia se quedan estupefactas, no puede ser que haya dicho eso. Estefi lleva siempre modelos muy ajustados y escotados y se le ven mucho las tetas. ¿Serán tipo D? No es posible que haya dicho empezonarse, se dicen, debe de ser que sus tetas no le dejan ver el bosque.

Pero Estefi lo repite: Es que no haces más que empezonarte y yo que no quiero que ya te he lo he dicho que mira que al final me voy a cansar y no me gustaría cansarme porque me gustas, pero tú venga y dale y te empezonas y te empezonas. El público estalla en carcajadas. Marina llora de la risa y Celia saca de dentro su risa más sonora, suena como un burro, como si extrajera de su interior todo lo que lleva sin reírse desde hace meses, y no puede pararlo, se ríe tanto que la presentadora se acerca al público. Sube con sus tacones de aguja los tres escalones, que desde la pantalla se ven más amplios, y se acerca con el micrófono a Celia. ¿Cómo te llamas? Celia, me llamo Celia. ¿Y te está gustando el programa? Celia coge el micrófono y dice: Hoy es el mejor día de mi vida.

* * *

Matilda continúa jugando con la gata Rosita. Le introduce el dibujo de un plátano por la boca.

—Mami, ¿quieres darle de comer el bocadillo? Te aviso que no le suele gustar.

Miro de refilón cómo te levantas de la mesa con tu amiga tonos pastel, coges el abrigo y te das la vuelta. No eres tú. No te pareces en nada a ti. Te sigo con la mirada. Imagino que te doy un toque por detrás, que te digo: Te estás empezonando.

Cojo el dibujo miniatura de un bocadillo. Es perfecto. Me conmueve el bocadillo de Rosita. Lo levanto con una mano y cierro el ojo izquierdo, como para enfocar el plano de delante con el plano de detrás. Encajo el bocadillo en una ventana vertical del Teatro Real. ¿Le gustará o no le gustará?

—Mati, ¿te he contado que yo venía aquí con tu abuela?

Diez

Paso por el arco de detección de metales y voy hacia la máquina dispensadora de turnos. Marco la opción «Con cita previa» y tecleo mi DNI. La máquina me devuelve un tique como si sacara la lengua lentamente: 177V. Subo tres escalones de mármol negro y camino por el vestíbulo señorial del edificio de Hacienda en busca de la sección V. Me siento junto a una señora con una bolsa de rafia del Mercadona. Suena un pitido en la sala y la pantalla anuncia el siguiente turno: 098V.

Hace poco, en un pódcast, escuché a alguien decir que tenía tanto trabajo que no le daba tiempo a trabajar de verdad. Todas esas cosas que hay que hacer alrededor del trabajo y que se llevan la mayor parte del tiempo. Casi siempre relacionadas con el dinero, con justificar dinero o con conseguir dinero. Si eres autónoma, las gestiones se multiplican. «Necesitamos que nos adjuntes el certificado de estar al corriente con las obligaciones tributarias», me escribió la administrativa del trabajo de la Crisis Climática. Les envié la primera factura el lunes. Casi siempre hago ese tipo de gestiones los lunes para despejarme la semana y «trabajar de verdad», pero algunas de esas tareas se enquistan especialmente, como la factura que envié y que no puedo cobrar hasta que no resuelva lo del certificado. «Es muy fácil, te metes en la web de Hacienda y se descarga automáticamente», me decía la administrativa en el mail. Pero a mí no, claro, a mí no se me ha descargado automáticamente. «Estas cosas sólo nos pasan a las miserables», recuerdo aquel grito desesperado. Una señora, algo mayor de lo que yo soy ahora, sentada frente a un empleado del banco. Seguramente estaba entendiendo en ese momento lo que significaba una hipoteca basura: «¡Estas cosas sólo nos pasan a las miserables!». El empleado permanecía callado mientras la señora se descomponía delante de él.

Llamé a Paula, *la gestora que nos ayudó con el papeleo cuando hicimos de nuestro Gabinete una Asociación Cultural:* Si no se te descarga directamente es porque seguramente haya alguna irregularidad, mi consejo es que pidas cita en Hacienda cuanto antes y te enteres de qué es lo que pasa. Alguna irregularidad, palabras de terror. *¿Te acuerdas de eso? ¿Cuántas veces hemos venido nosotras a este edificio por alguna irregularidad?* Es tan fácil olvidarse de algo, marcar una casilla en lugar de otra, entregar fuera de plazo..., es tan fácil que te pongan una multa... *¿Cuántas nos pusieron a nosotras?*

Empezaste tú a organizar las cuentas.

—He abierto un Excel de los gastos —dijiste.

Hiciste una compra fuerte aquel mes. Te gastaste 213 € en material para nuestro Gabinete. Seguro que tú no recuerdas esos 213 €, pero yo lo recuerdo perfectamente.

Abriste un Excel. Gastos del Gabinete, lo llamaste, y apuntaste tus 213 € para dejar constancia. Tus 213 € flotando en el vacío.

—Mete tú también tus gastos —añadiste.

Debiste de notar el crujido de mi cara conteniendo la llamarada, el chillido callado.

No supe qué contestar. ¿Qué se contesta en ese momento? Tú ya sabías mis gastos mensuales: 670 € de hipoteca, 100 € de luz, 100 € de comunidad de vecinos, 40 € de internet, 25 € de agua. Llevabas año y medio viviendo en mi casa y sólo me habías pagado cinco meses.

—El mundo no es capaz de sostener a una persona con depresión —dijiste cuando el gilipollas, cuando te quedaste sin trabajo, cuando entrabas en el perfil de Regina Salmerón, cuando no podías pagarme.

Entonces yo recordaba a mi hermano enfermo con diez años y a mí con ocho escarbando un refugio inventado: Chalalele, chalalá y cogía la manta Meradiso del Lidl y te la colocaba sobre los hombros. Te tapaba a ti, a mi hermano, a mí.

El mundo es una mierda, pero estamos nosotras, te decía.

Y entonces tú escribiste esos 213 € en aquel Excel. Tus 213 € guillotinando mi idea del nosotras.

* * *

La señora con la bolsa de rafia se levanta. La bolsa de rafia se nota que está llena y pesa. La desplaza con dificultad, arrastrando el pie izquierdo. Lleva zapatos ortopédicos. Se para junto a una mesa donde un hombre con bigote la espera tras la pantalla de su ordenador, levanta una mano recta y le indica la silla que hay enfrente. La señora deja la bolsa de rafia en el suelo y se sienta. Es su turno. Miro la pantalla: 122V. Va bastante rápido.

Nosotras jugábamos a inventarnos la vida de los desconocidos en estas esperas burocráticas. ¿Qué dirías de la señora de la bolsa de rafia? Dirías: Lleva la cabeza del marido en la bolsa, se ha librado de él, por fin. Dirías: No tiene amigas porque, si las tuviera, le habrían dicho que hay zapatos ortopédicos mucho más bonitos. Dirías: Es de las nuestras, una mujer rara y sin madre.

Mi oruga metió en un rincón escondido tus 213 €, como todo aquello a lo que me cuesta enfrentarme, todo lo que desearía que no fuera real, que fuera otra cosa, una fantasía. Shhh, no pasa nada, me susurró la oruga, no se habrá dado cuenta, estará preocupada por el dinero. Mírala, qué divertida es, lo bien que os lleváis, lo bien que pensáis juntas.

—Yo creo que hay dos tipos de personas, las que tienen madre y a las que les falta su madre —me decías a veces, y ponías nombre a la maraña de mi inconsciente: esto es el dolor, así se llama este grito. Y yo podía repetir tus palabras sin descomponerme delante de todos, como la señora del banco.

—A mí me gustaría ser madre en algún momento —te dije yo un día.

—Pues seremos una familia las tres, porque será una niña, de eso estoy segura.

Mírala cómo te quiere, vuelve a decirme la oruga, cómo os queréis.

* * *

Me acerco con mi 177V a la mesa 24. La funcionaria que me toca tiene unas gafas de las que parece que sonríen. Dejo mi 177V sobre la mesa para demostrar que no soy una impostora con otro número aunque ella no me lo ha pedido.

¿Tu DNI?, me dice al sentarme frente a ella. Es directa, pero tiene voz amable y sonríe bajo sus gafas sonrientes. Mi cuerpo se acomoda, suelto la tensión. La última vez que estuve en este edificio no hubo sonrisas ni voces amables. Tú verás. Pero ¿cómo yo veré? Yo sólo quiero saber qué es lo que tengo que rellenar. Ya te lo he explicado. Pero es que no lo he entendido. (Ojos mirando el techo, resoplido). Ojalá me hubiera tocado otra mesa. Me estás empezando a faltar. Yo sólo quiero no equivocarme. Pues tú verás.

La mujer teclea rápidamente y encuentra mi irregularidad. El papel que no entregué: el resumen anual del IVA. Una de las obligaciones de cualquier profesional autónomo aunque te hayas dado de baja a mitad de año porque no ibas a facturar nada. «Estas cosas sólo nos pasan a las miserables».

Seguramente tú, desde tu vida con nómina, ya has olvidado las multas, el modelo 303, el 390, la cotización, las funcionarias que te dicen: Tú verás. La alegría cuando no te lo dicen. Habrás olvidado este edificio entero. Pero cuando éramos nosotras muchas veces tampoco podíamos pagar las dos cuotas de autónomos, así que nos íbamos turnando: la que estaba dada de alta facturaba por las dos.

Ah, vale, gracias. El modelo 390 para poder descargarme el certificado. Gracias, sí, gracias. 150 € de multa si pago cuanto antes. Gracias, adiós. Pagar para poder cobrar.

Me levanto de la silla para dejársela libre al próximo número. Cruzo el vestíbulo de columnas de mármol negro a juego con los escalones de mármol negro y me dirijo a la salida.

La luz del sol se ríe del pronóstico que apuntaba que iba a llover toda la mañana. *Nos instalamos las dos esa aplicación de ElTiempo.es para planificar las intervenciones artísticas que hacíamos en la calle. La chequeábamos a diario y le concedíamos más veracidad que a nuestras ventanas y a nuestros ojos.*

* * *

Al principio la burocracia fue hasta emocionante. Se me aparecen nuestras Celia y Marina bajando sus fantasías a papel, a números, a epígrafes. Sus caras de alegría al pensar que su proyecto, por fin, podría ser un medio de vida. *¿Se te aparecen a ti? ¿Las ves como yo las recuerdo?*

Marina le mete prisa a Celia, que no encuentra por ningún lado las llaves: Venga, tía, que tenemos hora en el registro, que parece que tengo que darte cuerda para que funciones. Se suben en la moto de Marina y con el viento en la cara tararean la canción de *Verano azul* porque a Celia le da miedo ir en moto. Agarra a su amiga por la cintura y se mece con ella en las curvas. Luego irán al banco a abrirse una cuenta a nombre del Gabinete de Acciones Urbanas. Tienen varios encargos en los próximos meses: marcas, ayuntamientos, universidades, centros de arte, y también algunas subvenciones y becas. Lo suficiente como para que Celia deje por fin el trabajo en la editorial; lo suficiente como para que se pongan un pequeño salario; lo suficiente como para que Marina vuelva a contribuir con los gastos de la casa; lo suficiente, incluso, como para que busquen una oficina, una bastante chula en un décimo piso desde donde ven el sol ponerse por detrás de los edificios de enfrente. Los rayos rojos, naranjas, morados, azules, de frente. Por las tardes no ven bien la pantalla con esa luz de frente, pero no piensan moverse de esas vistas.

No pensaba que el centro de Madrid desde arriba se viera como un pueblo. ¿Has visto esas tejas y esos patios interiores?

Al principio fue hasta emocionante, pero después teníamos tanto trabajo que no nos daba tiempo a trabajar de verdad.

Por las mañanas Marina aparece en la habitación de Celia. Se mete en su cama: buenos días, churri, le dice. A Celia últimamente le cuesta levantarse, es el único momento en el que duda de si lo que están haciendo tiene sentido. El momento en el que la oruga no es capaz de dibujar un refugio en su cabeza.

Venga, vamos a levantarnos, dice suavemente Marina. Celia no contesta, está cansadísima. Llevan ya cinco años dedicadas a su proyecto, tres desde que sólo viven de eso, pero trabajan muchísimas horas. Sobre todo Celia, porque a Marina todavía le colea la depresión y se coloca en segunda fila, no se atreve a tomar decisiones, empieza a decir algo y se para a la mitad: No, no era una buena idea, dice. Así que Celia trabaja más para intentar rellenar esa angustia que mordisquea a su amiga. Anoche se quedó editando un vídeo hasta las dos de la madrugada, lleva ya varios meses quedándose a trabajar hasta esa hora. Además hoy tienen una reunión con la fundación de un banco para ver si les financian el próximo proyecto y a Celia no le apetece nada ir. Siempre habla ella en este tipo de eventos desde que se dio cuenta, cuando estaba con lo de los libros de arquitectura, de que era capaz de vender cualquier cosa. Pero cuando termina vuelve agotada y triste, como si vertiera toda su energía en los cuerpos de esas personas a las que intenta seducir.

Marina insiste, esta vez, con un tono menos amable: Vamos, tía, todas las mañanas igual. Marina querría que su amiga madrugara más y que volvieran antes de trabajar. Ella no se queda por las noches como Celia, pero aun así le gustaría que tuvieran un horario normal y poder quedar con Juan, su nuevo novio, cuando él sale del trabajo.

Hace unos días fue fin de año y en lugar de quedar con Juan lo pasaron en la oficina. Tenían una entrega para una bienal de espacio público que finalizaba el 31 de diciembre a las doce de la noche. Vaya día para poner una entrega, hay que ser cabrones, dijo Marina mientras terminaba de preparar las uvas que habían comprado en el Carrefour Express de abajo. Aunque al menos aquí tenemos calefacción central. ¿Pongo las campanadas de la Pedroche?, preguntó Celia. No, ni de coña, la Pedroche es demasiado guapa y nosotras vamos demasiado en chándal y olemos demasiado mal, respondió Marina. Vieron los fuegos artificiales desde la ventana de su oficina y brindaron con cava en copas de plástico. Feliz año nuevo, Celia. Feliz año nuevo, Marina.

Marina se incorpora, destapa a su amiga y le dice: Tenemos que organizarnos mejor, no puede ser lo de fin de año, y yo esta tarde sí o sí quiero quedar con Juan. A Celia le sienta mal ese comentario. Le sienta mal porque intuye que es él quien habla asomado desde una de las concavidades de Marina. Siente cómo el nuevo novio de Marina tironea de la piel del animal que son juntas. A Juan no le parece muy serio el Gabinete. El proyectito ese vuestro, lo llama. Pero también le sienta mal porque ojalá, porque, joder, ojalá pudieran organizarse mejor y terminar antes, pero sabe que el problema es que si no buscan dinero no les llega y que buscar dinero es mucho trabajo. Celia piensa todo esto, pero no dice nada.

* * *

Empieza a llover. *Parece que te oigo: El Tiempo.es nunca falla.* Miro en el bolso y veo que me he dejado el paraguas en Hacienda. Lo saqué al buscar el DNI y lo he olvidado en el puesto de la mujer de gafas sonrientes. Me resguardo en la marquesina del bus y desde ahí busco un edificio concreto. Estaba en esta calle en la acera de la derecha, creo, sí, ahí está. Es un edificio en esquina, con grandes miradores curvos de principios del siglo XX.

—¿Ves ese edificio? —me dijiste un día que no cogimos tu moto para venir a Hacienda—, yo creo que ahí vive Regina Salmerón.

—Pero ¿cómo?, ¿no vive en Silicon Valley o algo así?

—No, idiota, trabaja en Google España.

—Bueno, pues menuda pringada —dije para que te rieras, pero no te reíste.

En la fundación del banco las reciben tres personas, una mujer y dos hombres, todos con traje. Se sientan en una mesa alargada, se presentan. Está preparado el proyector y el audio, dice la mujer.

Celia busca el pendrive en el bolso, pero no lo encuentra. Marina saca el suyo, se dirige a la mujer y a los dos hombres: Celia siempre lo pierde todo, dice. Se ríen. Celia coge el pendrive con las manos temblorosas. Busca el vídeo que editó anoche. Tiene una música bonita. Coge aire, se mete en el papel. Cuenta el proyecto mientras coordina sus movimientos con las imágenes que aparecen. Las personas trajeadas asienten. Se las mete en el bolsillo. Marina se hunde cada vez más en su silla acolchada, se siente pequeñísima, invisible, como si la hubieran vuelto a meter en el cuartito de la plancha, peor, como si su amiga la hubiera metido en el cuartito de la plancha. Los trajeados les dicen que les ha gustado mucho su proyecto y que les envíen una propuesta detallada en diez días para terminar de decidir. Se despiden: Adiós adiós, y al salir Celia se lleva una mano al cuello, que está como una piedra. Todas las incertidumbres del proyecto, vuestro proyectito, todas las exigencias de su amiga por convertirlo en un trabajo normal y la presión de resultar irresistible. Querría llorar, querría meterse en la cama, verse el capítulo de *Lost* en el que su personaje favorito, Desmond, viaja en el tiempo, se despierta ocho años antes y le dice a un soldado: Nunca había tenido un sueño tan vívido. Ella también querría despertarse, pero en el futuro, con su amiga y esa hija que se imagina, en un lugar sin preocupaciones económicas, sin tener que jugarse tanto en cada reunión. Nunca ha tenido un sueño tan vívido. Pero no viaja en el tiempo y apenas puede mover el cuello. Se quejaría, pero ve a Marina muy callada. ¿Qué te pasa?, le pregunta. Su amiga sigue rumiando en la oscuridad del cuarto de la plancha que tiene taladrado en el pecho. ¿Qué te pasa? Marina levanta la mirada y se la lanza a Celia: Tú podrías ser mi Regina Salmerón.

* * *

Bajo del autobús y jarrea. Corro a la cafetería de Amparo. *Hace tiempo que Amparo ya no me pregunta por ti, menos mal. Intento ir menos de todas formas porque nos veo sentadas en todas sus mesas chismorreando sobre el resto de las personas, pero sus bocadillos de tortilla con pimientos son los mejores.* Para llevar, sí, para llevar. Entro en el portal empapada. En el buzón, las cartas del banco. La hipoteca ha vuelto a subir. Me siento delante de la pantalla mientras empiezo a comer el bocadillo. Por fin consigo descargar el certificado.

Te cansaste de la vida precaria, de trabajar miles de horas, de la incertidumbre, del trimestre del IVA, de los clientes que se caen, de no vivir con un novio como el resto.

Te cansaste de no ser mundo.

Yo quizá te presioné demasiado, quizá nuestra sombra era sólo la mía.

Y todo saltó por los aires.

—¿Cómo vas con los esquemas para los del banco? —pregunta Celia mientras termina de editar unas imágenes.

—Mañana me pongo —responde Marina.

—¿Pero te va a dar tiempo?

No te dio tiempo.

Perdimos la financiación.

Nuestro proyectito perdió la financiación.

Te grité muchísimo. Mi oruga no consiguió distraerme esa vez, no pudo meter más cosas en el rincón. Lancé contra ti toda la metralla de lo no dicho. NO PUEDO MÁS, ERES UNA RÉMORA, NO TE SOPORTO, ESTOY HARTA DE TI.

Tú no levantaste la voz. Con la mirada fija en el suelo me dijiste: Sabes que aún estoy con la medicación, sabes de mis problemas de autoestima, a ti lo que te pasa es que eres una insensible. «Eres una insensible». *Y ahí sí me miraste a la cara, me miraste y dijiste: Si no fuera por mí, tú no habrías llamado a tu madre desde el aeropuerto, habrías cogido ese avión y te habrías ido mientras ella se moría. Así de insensible eres.*

Cogí el portarrollos de celo de mi mesa y lo lancé

contra el suelo. Qué hija de puta. El portarrollos se rompió y el suelo se llenó de arena.

No sabía que tuviera arena por dentro, dije. Y luego lloré.

Lloré Lloraste Lloramos.

Lo siento Lo siento Perdóname por favor.

No es verdad que no te soporte. Es mentira que seas una insensible.

El abrazo.

Larguísimo abrazo.

Las promesas: nunca más y para siempre.

Lamernos las heridas.

Volver a ser nosotras.

La oruga, contenta, abre una cremallera invisible y recoge los escombros, los retira, los despeja de las dos, os da la mano: Mírala cómo te quiere. Cómo os queréis.

* * *

El alivio tras enviar el certificado. *El alivio que nos entraba cada vez que conseguíamos resolver algún trámite burocrático.* Según me voy acercando al final de nuestra historia, más difícil me parece entender qué fue lo que pasó.

Los días siguieron entre entregas, la Estefi de nuestro reality de fondo, alguna instalación en la calle, alguna entrevista en la radio, los atardeceres desde nuestra oficina aunque el volumen del nosotras estaba más bajo.

—¿Te apetece bajar a tomarte algo con Juan y conmigo? —dice Marina al comprobar la hora.

Celia va con ellos a una terraza con la cabeza aún en una convocatoria que no termina de salir. Marina está radiante, le da un sorbo a su cerveza. Coge una servilleta y dibuja algo que se le ha ocurrido con un boli negro que ha sacado del bolso. Le pasa la servilleta a Celia. Celia levanta las cejas.

—¿Lo ves, tía?, ¿ves como tú también tienes buenas ideas?

Marina baja la cabeza con gesto serio. Juan interviene. Levanta el mentón hacia Celia, desafiante.

—¿Y por qué no iba a tener buenas ideas?

Marina vuelve a sonreír. Se levanta de la silla y se sienta encima de su novio. Sus cuerpos engarzados. Juan continúa alerta, separando a Celia con la mirada.

Celia no puede dormir. Está sola en la casa porque su amiga duerme con Juan, como casi todas las noches últimamente. Se pone una serie, pero no consigue concentrarse en lo que ve. La oruga tampoco acude a rescatarla. Cierra los ojos y sus ojos miran hacia dentro. Y hacia a dentro lo que ven es su cuerpo perforado, los laberintos que ha ido construyendo la oruga dentro de ella desde hace años. El túnel de su infancia en el que está su hermano enfermo, y ella a su lado cantando Chalalele, chalalá. No quiere mirar, pero no puede no mirar y entonces aparece su oruga ocupando ese túnel con su cuerpo carnoso y rosado. Pero no es sólo la oruga, también está Marina. Marina corretea dentro de ella con las manos llenas de apliques e inventos y va reordenando lo que encuentra a su paso. Al final se mete en una cueva que ha decorado a su gusto y mordisquea las paredes para que el vacío se adapte perfectamente a su figura. Es la cueva del día en que murió la madre de Celia. Marina abre la boca para dar un nuevo bocado y los ojos de Celia, rápidamente, se meten dentro de Marina. Resbalan ahora por su cuerpo guante, como la propia Celia ha sentido a veces que hacía desde fuera. Se desliza por los túneles de su amiga, se asoma al agujero en su pecho y otros vacíos alrededor y también se ve a ella, a ella intentando salvar a Marina: ¿Lo ves, tía?, ¿ves como tú también tienes buenas ideas? Y mientras lo dice clava las uñas en las paredes del cuarto de la plancha y lo hace más grande.

Celia abre los ojos. ¿Ahora quién soy?, se pregunta. Empieza a llorar sin parar, saca unos sonidos de dentro que no sabía que tenía guardados. Llora orugas, arañazos y mordiscos, llora por fin a su madre con sus propias palabras, llora lo que no supo hacer de niña y llora por un nosotras con la cara desfigurada.

* * *

Me levanto de la mesa del salón-comedor-oficina con el portátil y me siento en el sofá. Me recuesto sobre el tejido entrelazado del blanco y el negro. *Me vas a acompañar a mirar nuestro final. Aunque no estés en realidad a mi lado, aunque me esté inventando tu compañía, invocándote con estas cursivas.*

Al día siguiente llegué un poco más tarde a la oficina. Te pedí perdón. ¿Perdón por qué? Perdón en general. Y luego te dije: Mira, he pensado mucho en el Gabinete y en cómo estamos nosotras. Es difícil este proyecto nuestro, estamos cansadas, trabajamos muchísimo y puede que ni siquiera consigamos hacerlo rentable. Yo tiro y tiro y a lo mejor hasta te empujo porque, a pesar de todo, me encanta lo que hacemos. Pero que yo sepa que quiero seguir no significa que tú sí y no quiero empujarte más. Por eso te pregunto: ¿tú qué quieres?

Te quedaste unos instantes en silencio y luego dijiste: Voy a pensarlo y te lo digo después del verano.

Unos días después te fuiste a vivir con Juan y después del verano no quedaste conmigo para hablar.

Me enviaste un mail:

«Lo he pensado mucho y no puedo seguir con esto», escribiste.

Debería perdonarte, pobrecita, sólo intentabas bajarte de la cuerda floja, pisar tierra firme, dejar atrás ese romanticismo ruinoso más mío que tuyo.

Lo que pasa es que el mail era, en realidad, más largo, escribiste: «no puedo seguir con esto y tampoco quiero que sigas tú».

Y luego, una ristra de temas legales.

Tu tía María Luisa era abogada.

Once

La ponente es una filósofa chilena muy reconocida porque asesora a los gobiernos de París, Berlín y Londres en el diseño estratégico de sus ciudades. Se le acercan todos los organizadores del evento como un grupo de palomas alrededor de un bocadillo de chorizo que se le ha caído a un niño al suelo. ¿Qué tal el viaje?, ¿has podido descansar?, estamos deseando escucharte, tu último libro lo tengo entero subrayado. La ponente recibe los halagos, sonríe con la cabeza inclinada y asiente. Los organizadores regresan a sus asientos y yo me aproximo a ella para colocarle el micrófono de corbata. Abro la pinza y se lo engancho en la camisa de flores negras y pájaros de colores. El micrófono queda incrustado en el pico de un colibrí. Ella se aparta la melena para dejarme esconder el cable y deja a la vista un cuello con dos lunares como el mordisco de un vampiro o como un enchufe. Le meto la petaca en un bolsillo de la chaqueta de lana. ¿Bien así? Debe de tener más o menos mi edad. Podría ser yo, pero ella es la ponente y yo soy la que registra lo que dice la ponente. Querría saber qué decisiones tomó para estar donde está, qué camino escogió en cada encrucijada. Abrirla y mirarla por dentro como se abre un huevo, clac, clac, clac. Tres golpecitos contra el borde de una taza. La clara cae translúcida, lentamente, como una lágrima de aceite y la yema de una vez, plof. Saber si es madre, si comete irregularidades con Hacienda, si consiguió escapar de la norma, de lo que se supone. Verla de niña. La ponente tiene ahora seis años y se come una pantera rosa mientras en la tele pasan *Las chicas de oro*. Una familia de cuatro amigas, señoras mayores, que deciden vivir juntas en una casa en Miami. Ah, ¿esto se puede?, se pregunta la pequeña ponente. Pero, no, no es la ponente de niña. Soy yo.

Compruebo en la mesa de sonido que su voz dibuja cordilleras de rayas en la pantalla, que aparecen y desaparecen. Levanto el pulgar y me preparo para dibujar y anotar.

La charla comienza con una serie de imágenes de calles de diferentes ciudades. Calles con pocos árboles o con ninguno, alcorques vacíos. Árboles talados que parecen percheros. Hago un dibujo rápido. Ella se dirige al público:

—¿Creéis que los árboles tienen capacidad de acción? —Levanto la mirada de la tableta y la dirijo hacia la ponente, que continúa hablando—: ¿Puede un árbol decidir algo en el diseño urbano?

Me muerdo un dedo. ¿Puede?

La siguiente imagen que aparece es un listado repleto con quejas reales de ciudadanos sobre los árboles: quitan luz a mi vivienda, hace mucho viento y son peligrosos, las raíces levantan el suelo, cuando aparco debajo me manchan el coche...

—Me pregunto si podríamos tener una relación de amistad con los otros seres vivos que habitan en las ciudades. —Escribo: AMISTAD *y la palabra se me incrusta en el contorno vacío del nosotras*. La ponente sigue—: Decía Simone Weil: «La amistad es una igualdad hecha de armonía». —ARMONÍA... *Nosotras pensando juntas, tarareando* Verano azul *en la moto, tú enviándome una foto del papel higiénico bien colocado, yo enviándote cartas en mis viajes, nosotras viendo la newsletter del Lidl en el sofá, tus manos acercándome un trozo de velcro, las mías acercándote la manta Meradiso*—. Amistad entendida desde un sentido totalmente generoso, sin la voluntad de cambiar al otro. —CAMBIAR AL OTRO... *Forzamos la macla, cincelamos los miedos de la otra para caber dentro*—. Amistad como dejar ser. —Pongo un igual tras la palabra AMISTAD y después escribo: DEJAR SER—. Creo que la clave radica en si seremos capaces de hacernos cargo, realmente, de lo que supone una relación de amistad. —HACERSE CARGO... *Mirar de frente el animal que éramos*—. Si sabremos diseñar desde la molestia. —DISEÑAR DESDE LA MOLESTIA. *¿Podríamos haber hecho algo o, como dijo tu tía María Luisa, lo nuestro sólo podía terminar mal?*—. La molestia que supone entender que nuestros intereses son igual de importantes que los del árbol. —*No sé si lo hubiéramos conseguido, pero lo intenté. Puse sobre la mesa nuestro plural y separé la pieza del tú y la pieza del yo.*

Vuelvo sobre las palabras DEJAR SER. *Las subrayo con fuerza mientras recuerdo las tuyas: No puedo seguir con esto y tampoco quiero que sigas tú.*

Y no seguí. No fui capaz de enfrentarme a reuniones con abogados. *Tú en un lado con tu tía María Luisa y yo en otro, con el Gabinete desnudo en el medio. Salomón sacando la espada para cortar a su hijo por la mitad. Como si todo se redujera a cifras, como si no te hubieras bajado de la cuerda en la que estábamos buscando el equilibrio y luego la hubieras cortado, dejándome caer.*

Preparé un borrador con una despedida para publicar en las redes con las fotos de las instalaciones más queridas. Fotos de la gente. La foto que nos hicieron en la primera entrevista, nuestros cuerpos engarzados. Debajo escribí: «Estos cinco años han sido sólo para recordarnos: Ah, esto se podía».

—*¿Estás segura de que es esto lo que quieres?* —*te pregunté.*

—*Sí. Publícalo.*

Siento el móvil vibrar. Lo agarro para cortar la llamada entrante, pero veo en la pantalla que es del hospital. Me levanto, cojo el abrigo y salgo agachada, mi chepa es una montaña que se mueve delante de la ponencia.

—Sí, hola.

—Hola, llamo de parte del doctor Zaragoza.

—Sí, sí.

—¿Podría venir mañana a las cinco y media para hacerle otra mamografía y otra ecografía?

—Pero si ya me hicieron una resonancia.

—Perdón, no sé más, simplemente me ha dicho esto.

* * *

—Hasta mañana, chicas —dice Pablo, y se va al salón a leer un rato.

Apago la luz. Matilda pone la cabeza sobre mi pecho. La acaricio.

—Oye, mañana te recogeremos papá y yo del cole y luego me acompañáis un momento al médico.

Matilda se queda en silencio, siento cómo parpadea.

—Cuando una está muerta debe tener mucho tiempo para pensar en sus cosas —dice de pronto. La respiración se me corta, mi mano sobre su cabeza se queda rígida—. Ya lo sé —continúa diciendo—, cuando te vayas a morir voy a pedir que estemos juntas, y así nos tumbarán en la misma camilla. Pero tendremos que estar con los ojos cerrados.

* * *

El doctor Zaragoza desliza con una mano el transductor sobre mi pecho como si fuera el timón con el que navega por el universo de mis tetas por dentro. A cada poco, se detiene en un meteorito, en un nuevo planeta, en un agujero negro.

Agujero negro: Región del espacio en la que la fuerza gravitacional es tan intensa que no puede escapar ninguna materia o radiación que penetre en ella. Un agujero negro es la pieza de un puzle que desaparece y entonces todo gira alrededor de ese vacío. Ya no importa la foto del skyline de Nueva York, sólo importa la pieza que falta, la del piso treinta y dos del Empire State building. Todas las fichas miran hacia ahí, todas caen por el piso treinta y dos.

Agujero negro, la fosa que excavaste.

Mientras tú enviabas currículums para trabajar

en empresas, yo me miraba al espejo y me preguntaba cómo presentarme, cómo contarme, ¿quién era yo?, ¿qué quedaba de mí?, ¿cómo seguir caminando por un terreno bombardeado, en ruinas?

«Pero ¿cómo no vais a volver a hablar más?», «tenéis que arreglarlo, que ya ha pasado mucho tiempo», «yo no sabía muy bien cuál de vosotras era cuál».

Un año después de la ruptura, te envié un WhatsApp: una foto de las pelusas del dormitorio con el mensaje: ¿Será por la luz?

Respondiste casi inmediatamente con un gif de un chimpancé que se reía a carcajadas.

—Por qué no quedamos a tomar un café y hablamos de lo que pasó —te escribí después.

Tardaste un par de horas en contestar.

—Prefiero no.

Los papeles se invirtieron, ¿no crees? Eras tú la que construías todo el ecosistema emocional, el tuyo y el mío y, sin embargo, soy yo, la evasiva, la que no quiere mirar a otro lado.

El doctor Zaragoza arquea las cejas, presiona un poco más fuerte mi pecho y con la otra mano hace zoom sobre su nuevo descubrimiento. ¿Qué es, doctor Zaragoza? Sobre la pantalla, marca una línea blanca, anota unos números. Yo sólo veo manchas. Y las preguntas dentro de mí. ¿Y si? ¿Será esa mancha mi funeral?

Antes solía fantasear con mi funeral, con quién vendría, con quién me lloraría.

Ni se te ocurra venir a mi funeral. Ni se te ocurra apropiarte del dolor de mi muerte.

Ya no te pertenece.

Ahora no quiero pensar en ti.

El doctor Zaragoza explora una mancha que parece una montaña nevada. Cierro los ojos. Mi montaña favorita es el moflete de Matilda. Una montaña cálida y suave. La pego a mi cara. Querría salvarla de cualquier cosa y, a la vez, espero no estar mordisqueándola por dentro. Matilda se separa, ajena a mis pensamientos, y me trae su collar de cuentas: Para que te dé suerte, me dice. Me concentro en sus andares blandos de cachorro con su mochila verde a la espalda. Escucho lo que dice. Habla sin parar. Dice que quiere un gato rosa, que si se puede coleccionar el polvo, dice: Mira, mamá, otra ruteral. Y también dice que quiere ser una bruja para aprender a cocinar pociones de verdad. Y luego me tira del brazo: Mamá, agáchate, que te voy a contar un secreto. Y yo me agacho aunque lleguemos tarde. Me calienta el oído con su voz susurrante: Cuando sea bruja, te convertiré en niña, no vas a hacerte nunca anciana porque serás una niña de cinco años, iremos al mismo cole, a la misma clase y nos sentaremos juntas. Pero tienes que acordarte de que yo soy una bruja y de que te convertí en niña.

Abro los ojos. El doctor Zaragoza me mira.

—Vamos con la otra mama, con la que es más densa —dice.

Mis tetas tipo D. D de débiles, D de difíciles, D de defectuosas. Pablo ahora haría una broma, me sacaría del lodazal. Diría: D de déjate de historias. Adoro la forma en que Pablo zarandea cualquier pesar. Su seguridad en que nada malo nos puede pasar, en que nada acabará con la fiesta, me tranquiliza.

Vuelvo a asomarme a la pantalla para ver por dónde navega el doctor Zaragoza. Se acerca a un fragmento que parece un atardecer en la playa, el sol poniéndose en el mar negro. Quizá mis tetas también tengan soles por dentro.

El doctor Zaragoza deja el ecógrafo y se dirige a mí.

—Tienes un pecho complicado, ha costado verlo con claridad, pero está todo bien.

* * *

Me quito el chal de gasa y me visto. Me abotono el vestido rosa y cojo el collar de Matilda, que cuelga del perchero. Agarro las cuentas dentro de mi mano: ahora, ahora, ahora. Ahora estoy bien.

Me pongo el jersey y el abrigo, cojo el bolso. Salgo al pasillo larguísimo. Los fluorescentes vibran encajados en el falso techo. *Igual tú ahora trabajas diseñando falsos techos bonitos. No lo sé, no tengo ni idea de lo que haces. Tú nunca podrías ser mi Regina Salmerón.*

Ojalá yo tampoco lo sea.

Vuelves a aparecer. El pasado pincha el presente, como una aguja que cose los bajos de unos pantalones. No puedo evitarlo por más pequeño que haga el pespunte, pero ahora no me importa porque estoy bien y no vas a venir a mi funeral.

Ojalá hubiera habido un funeral por nosotras y por lo que creamos juntas.

Una lápida a la que poder ir a llorarnos:

Aquí yace la amistad de Marina y Celia.

Aquí yace también su hijo.

Me froto las yemas de los dedos, las marcas que dejó la electricidad a su paso cuando atravesó mi cuerpo. *Tampoco hay cicatrices en nuestra piel, aunque esto es mucho peor que salir disparada de un triciclo o electrocutarse sin morirse.*

¿Te tocas la marca en la ceja para acordarte de nosotras?

Ojalá que sí.

Ojalá hacernos cargo.

Ojalá nosotras siempre,

nosotras con dos cuerpos,

nosotras dejándonos ser.

Yo he trazado mi cicatriz con palabras, con cursivas, con tu personaje y el mío, y con mi cuerpo atra-

vesando el campo de ortigas. Me he asomado al vacío que dejaste y lo he bordeado con puntos de sutura. Aquí estamos nosotras. Todavía. En las pelusas, en el dormitorio, en mi sofá, en las canciones que escuchábamos, en tu vestido verde, en las series que veíamos, en la cafetería de Amparo, en mi porfolio, en este hospital, en la sala en la que antes me esperabas tú y ahora me esperan Matilda y Pablo. Ahora es tu ausencia, pero también son ellos, amiga mía.

Pablo me despierta cada mañana con un beso en el ojo. Adiós, chicas, dice, y se va a trabajar a la universidad. Yo me acerco a Matilda, que sigue respirando profundamente con la boca abierta. ¿Ya es de día?, pregunta. Nos ponemos en marcha rápidamente aunque siempre llegamos tarde al cole. Ahora trabajo en casa. Llevo el portátil a la mesa del comedor y me hago un hueco entre el café sin terminar de Pablo, la gata Luna de Matilda y las tacitas de su cocinería. Ahora trabajo mucho menos. Trabajo de lo que me sale entre declaraciones del IVA e irregularidades, pero lo que me sale me gusta aunque ya no sepa seducir a los Santis Gutiérrez, ni tenga un proyecto que alguien quiera sacar en un blog. Ahora por las tardes estoy con Matilda, recogemos plantas en el camino, jugamos a gatitos que montan un restaurante sobre la mesa del comedor-oficina y por las noches duerme encima de mí. Pablo alarga un brazo, acaricia la cabeza dormida de su hija y luego la mía.

Ya veo a Matilda al fondo del pasillo. Ahí está. Sube y baja por encima de su padre y pone cara de zarigüeya. Ahora Pablo seguramente está repitiendo lo que ella le pide que diga. Ahora les hago un gesto con la mano. Pablo me ve y me sonríe. Matilda se dobla como una C para asomarse a verme. Pablo alza el mentón y me pregunta qué sin decirlo. Yo levanto el pulgar hacia arriba. Está todo bien, digo moviendo los labios. Pablo hace un gesto de victoria cerrando la mano en un puño. Matilda se baja de Pablo y corre hacia mí.

Agradecimientos

A Margarita García Robayo, primera persona. Impulsora, cabeza de corazón, capitana que rema, que inventa destinos. Este libro lo señalaste tú dentro de mí.

A Lila Bendersky, Delfi Carmona y Josefina Marcuzzi, compañeras de certidumbres torcidas. Gracias por el camino de la mano, por vuestras palabras y por cuidar de las mías.

A Lucía Rodríguez, Gádor Camacho y Eva Marín, amigas *emosionadas* y primeras lectoras. Gracias por la carta del mundo en el momento preciso, por la tortilla de patatas, por el desayuno en Atocha. Y al resto de las amigas que me ha traído la escritura: Andrea Fernández, Marta Barrio, Ana Kuntzelman, Clara Martínez, Chavela Olivares, Uri Bleier, Bárbara Crosetti, Andrés di Tella, Alejandro Kirchuck, Nadine Lifschitz, Ana Montes, Santiago Porter. Yo no escribo sola, escribo con vosotras.

A las amigas que me conocen desde mucho antes de todo y me quieren a pesar de todo: Raquel, María M., Míster, Marcus, Patricia, Pablo, Carlos, Marta, Isabeluna, María G. y todas las *frauhausers*. Sois mis coordenadas.

Al resto de amigas que ahora no tanto, porque el tiempo, porque la vida, porque el mundo, y a las examigas por lo bueno que nos dimos cuando supimos dárnoslo.

También a las amigas imaginarias, vivas y muertas, por las conversaciones que tenemos a través de vuestros libros. Ya sabéis quienes sois.

A mis comadres María B., María R., Lourdes, Inés, Rocío, Leti, Saray, Alejandra, Silvia, Sara, Patricia, Eva y a lxs adres a la salida del cole, manada que sostiene, que cuida en grupo, que llega con sus ojos donde no llegan los míos solos. Gracias también a vuestrxs hijxs, a las historias que cuentan, tesoros de golosina.

A Violeta Niebla por deshacer la espera en risas.

A Jorge M. por pensar en mí para un trabajo que me ha dado una vida mejor. También gracias a eso, he podido escribir este libro.

A Sabina Urraca por mostrarme mi habitación propia. Mi habitación propia es escribir.

A Mercedes Halfon, Leila Sucari y María Fernanda Ampuero, por dejarme aprender de su sensibilidad, su mirada, su fuerza.

A mi editor, Jorge de Cascante, por acoger esta historia, por quitarle los enredos, peinarla un poco, hacerla mejor.

A mi padre y a mi hermano. Por ser casa los domingos, por las partidas a código secreto, por el amor silencioso.

A la tía Maricarmen y a la tía Titi, que no son mis madres, pero me cuidan y me quieren parecido.

A mi madre, que sigue estando aunque ya no esté más.

A Antonio por desordenarme la vida con música, con bailes, con una hija. Por asustar a las zozobras y reírse de ellas. Persona de múltiples vidas, gracias por incluirme en una de ellas. Sin tus cuidados, tu paciencia y tu amor, este libro no sería.

A Matilda, persona favorita del mundo. Ser mitológico, invención de un hada. Por todo lo que dices y haces. Por tu cara cuando miras las cosas, por hacer que las cosas sean más que cosas. Por tu cara cuando me miras a mí. Por hacer que yo sea más que yo.